全民微阅读系列

蓝蓝的天上白云飘

孙传侠 著

江西高校出版社

图书在版编目(CIP)数据

蓝蓝的天上白云飘/孙传侠著. —南昌:江西高校出版社,2017.9(2020.2重印)

(全民微阅读系列)

ISBN 978-7-5493-6075-8

Ⅰ.①蓝… Ⅱ.①孙… Ⅲ.①小小说—小说集—中国—当代 Ⅳ.①I247.82

中国版本图书馆 CIP 数据核字(2017)第 227223 号

出版发行	江西高校出版社
社　　址	江西省南昌市洪都北大道96号
总编室电话	(0791)88504319
销售电话	(0791)88592590
网　　址	www.juacp.com
印　　刷	永清县晔盛亚胶印有限公司
经　　销	全国新华书店
开　　本	700mm×1000mm　1/16
印　　张	13.5
字　　数	180千字
版　　次	2017年10月第1版 2020年2月第2次印刷
书　　号	ISBN 978-7-5493-6075-8
定　　价	36.00元

赣版权登字-07-2017-1180

版权所有　侵权必究

图书若有印装问题,请随时向本社印制部(0791-88513257)退换

目录 / CONTENTS

缘分　　/001

兰　/006

女儿的心愿　　/008

妈妈说　　/012

打工老人　　/015

告诉你,我的孩子　　/017

喷香的馄饨　　/020

孩子,你听妈妈说　　/024

都是爱　　/027

最美的老婆　　/029

眼里有泪　　/033

桃子的幸福　　/037

蓝蓝的天上白云飘　　/046

找啊找,找爱情　　/050

农妇的麦子　　/053

救　/056

救援　　/059

温暖的芬芳　　/062

夜色温柔　　/070

做梦的女孩　　/076

渴望　　/077

银戒指　　/081

春光美　　/086

无解的答案　　/088

刘锁要回家　　/092

樱花美　　/095

想象病　　/097

朋友　　/101

走着上班　　/104

一对好夫妻　　/108

送水工阿武　　/114

保险柜里的秘密　　/119

春光无限好　　/126

我们的孩子　　/130

儿子的作文　　/133

我在 A 星球　　/136

儿子要发言　　/140

叶子要转学　　/141

梅子要去杭州　　/147

马小虎请客　　/151

银蝴蝶发卡　　/155

儿子的军礼　　/158

全家福　　/164

叔叔,你也是好人　　/166

庆幸　　/172

中药　　/176

狗知道　　/180

我们都是凶手　　/185

有病　　/187

走神　　/190

好一个女子　　/194

鉴宝　　/197

招聘　　/200

白日梦　　/205

那病人是囚犯　　/208

缘 分

  这家面馆,挨着十字路口,是路边店。店面不大,窗明几净,地面也光亮,不像别的小饭店里,餐巾纸、烟头扔得满地都是。面馆不经营炒菜,只卖砂锅面条,也有几种简单的凉拌小菜。

  南来北往的,行脚过路的,到了饭点,或赶路赶饿了,透过落地大玻璃窗,伸着头,往店里望,一看干净,价格又便宜,就都来此吃饭。所以来的人就多,面馆的生意就红火。

  这天下午,天空阴阴的,下着小雨。因为不是吃饭的钟点,又下着小雨,所以店里比往常清闲;只有三四个客人,一边吃面,一边观看窗外的天,不知雨什么时候会停。

  这时,门外进来一个中年女人,拎着一个黑色的旅行包,旅行包有铺盖卷那么大,她吃力地斜着身子。女人的头发被雨水淋湿了,发梢滴着小雨珠。她清瘦的脸显得疲惫不堪,暗淡的目光里有些紧张。看女人进门,从铝合金隔断的厨房里出来一个胖男人。男人和气地对她说:吃面,请坐吧。然后,他转头对着厨房喊:丫头,有客人。

  从厨房里风风火火地跑来一个女孩,她就是丫头。丫头手里拿着一个小本本和一支笔,她看女人吃力地拎着大包裹,就对女人说:大姨,你把包放椅子上吧,拎着多沉啊! 接着,她又说,你请坐,除了要碗面,你还要小菜吗?

  女人把包慢慢地放在椅子上,但手并没离开包,半天对丫头

的话没反应。胖老板拿眼瞅女人,女人好像有话,话在嗓子眼藏了半天也没说出来。丫头是急性子,对她的迟钝不高兴,说:吃什么,你快说,你下了单,饭菜就上来了,不耽误你赶路。丫头以为女人害怕赶车误点才这样犹犹豫豫的。

女人看丫头有点烦,微笑了一下,笑得很小心,很谨慎,说:闺女,我,我想求你一点事。

丫头皱了一下眉头,没料到女人没说吃饭的事,反而要求她。这样一个唯唯诺诺的女人准要给她添麻烦,丫头的小长脸拉得更长了,没好气地问:你求我什么事。

女人叹了一口气说:我闺女在你们这个城市上大学,我来找我闺女,我闺女给我找了个活,给她老师看孩子。丫头说,那你去找你闺女就是,你给我说这些干吗!?

女人腼腆地咽了口唾沫说:我,我的钱包在火车上被偷了,我刚下火车,坐了一天一夜的车,没吃一口饭,想进你店里讨碗面吃,行吗?之后女人又说:我饿坏了,实在没有力气了,等我找到闺女,叫她把钱给你送来,好吗?丫头听了,一愣,她打量着女人,没吭声。她也是打工的,这不是她的店啊。丫头就转脸往老板坐的椅子上瞅。其实女人说的话老板也听到了,但老板的头低着,很仔细地翻看一个旧账本。女孩心里就明白了,知道老板不同意,就转脸大声对女人说:我们店不施舍,你还是去别的饭店去讨吧。再说,现在骗子多得是,谁知道你的钱包真被偷了还是假偷了。不是想白吃一顿饭吧?

丫头的话刺痛了女的心,女人一哆嗦,脸顿时红了,说:你看我像是骗子吗,我实在饿得浑身没有一点劲,两脚迈不动步了才进店讨饭的。小姑娘你不给就算了,别拿话伤人啊。老板这时抬起头,朝着女人阴阳怪气地说:去去去,走你的吧,你没钱就快走吧,就别讲那么多道理了。有钱就有理,没钱讲什么都是嘴上抹石灰——白说。快走吧,我们这里不施舍!

女人再没见过世面,哪怕是出来给人当保姆的,但也有自尊啊!女人的自尊受到沉重的打击,感觉脸被人不轻不重地扇了一巴掌。女人的泪像小溪一样顺着眼角往下流,流到嘴里,流到脚下的水泥路面上。女人虽然羞愧难当,但女人想,人家老板说得对呀,你上门要人家的面吃,人家不给也没错啊,人家又不欠你的,为什么就非得给你呢?女人流着泪,拎起搁在椅子上的旅行包,默默地朝门外走去。

阿姨,别走!面馆里正在吃饭的一个女孩站起身来,叫住了女人。女人站在门口,惊疑地转过身。女孩说:阿姨,我认识你闺女,我和她是同班同学!

女人吃惊地瞪大眼睛,问:你和我闺女是同班同学?你也在枣庄大学上学?

女孩说:是啊,我也是枣庄大学的学生。

女人迷惑了,说:你知道哪个是我闺女呀,怎么说和她是同班同学呢?

女孩说:你闺女是不是长得和你这么高?和你的模样很像,也是瘦瘦的,眼睛大大的,比你的皮肤要白得多,白得很好看。

女人的泪又流出来了,说:是啊,是啊,邻居也这样说啊,我闺女比我白,白得很好看。

女孩说,是啊白得很好看,我们给她起了个外号,都叫她小白兔。

女人笑着说:小白兔,好听,小白兔。

女孩说,阿姨,你坐下吧,坐下来吃面,饭钱我付了,你只管吃。能吃几碗就吃几碗,别客气,等你吃饱了,就去见小白兔,好吗?

老板和丫头站这那儿看愣了,以为是演戏,哪有那么巧的事。可这又是真的,就在眼前,真真切切的。

女人说:谢谢你,谢谢你啊,我真的饿得一步也不想走了,我吃两碗面,好吗?等见了我闺女,就让她把钱还给你,一定还给你。

女孩对丫头说:快给这位阿姨下两碗面,再来两样小菜。

女人说:闺女,不要菜,两碗面就行,两碗面吃进肚子,我就有劲走路,就能去找我闺女了……女人说着,脸色就红润起来,有了神采。

不一会儿,女孩要的两碗面和菜都端上桌,看着热气腾腾的面,女人还没吃呢,泪水就湿了眼窝,说:幸亏遇上了你,好闺女,谢谢你。

女孩笑着说:阿姨,别客气,我和你有缘啊。

结账的时候,老板按了计算器,对女孩说:光要整,零头不要了。女孩说:那就谢谢老板了。

老板有点惭愧地说:不是我们心肠硬,我们是小本生意……你是个好女孩,我们得向你学习啊……

女人和女孩走出饭店,雨不下了,天边抹上了云霞。女孩从口袋里掏出五十块钱交给女人说:阿姨,这钱你拿着。

女人愕然了,问:你给我钱干吗?

女孩说:你去找你闺女,口袋里一分钱都没有怎么行,要是需要打个车打个电话那怎么办,这钱你就拿着吧。

女人说:孩子,你不是和我闺女在一个学校上学,还是同班同学吗?咱娘俩一块走就是。

女孩笑了说:阿姨,我根本就不认识你女儿,我更不是什么大学生,我家穷,我连高中都没上完就来这个城市打工了。我也是给人家做保姆的,东家放我假,我回家去看看我父母,我现在要去赶火车。

女人愣了说:那你怎么知道我闺女长什么样?难道你能掐会算?

女孩笑了说:我哪有那么神?阿姨,我是骗你的。我是看着你的长相乱说的,没想到竟然说得那么准,真把你蒙住了。

女人恍然大悟,鼻子一酸,两行热泪滚出眼窝。女人说,谢谢你,好闺女,你和我不相识,怎么对我这么好?

女孩说:我们有缘啊。

是啊,有缘有缘。女人说

女孩说:阿姨,再见了,我要去赶火车了,不然就要晚点了。这五十块钱你就收下吧。我能帮助阿姨,我感到很快乐。

女人含着热泪接过钱。

女孩对女人说:我真羡慕你的女儿呀,真羡慕,见了代我向她问好。阿姨,再见!

女人望着这女孩消失在人群中,忽然想起来,怎么没问女孩姓什么,叫什么名,家在哪里,以后好还钱给她。女人就对着女孩的背影叫:闺女,你叫什么名字?

女孩只是回头摆了一下手,又转过身消失在茫茫的人海里……

兰

兰是一位非常有名的丹青高手。她出身书画世家,极有天资,又极勤奋,四十多岁就已是远近闻名的大画家了。来求画的人自然络绎不绝。有求者,兰都是有求必应。但有先决条件:一手交画,一手交钱。白求者,一概拒绝。无论好友,还是名人高官,一视同仁。对她的这种做法,别人早有微词。同行的说她是自负,恃才傲物,孔雀开屏似的自我炫耀。外人说她人品俗,商业气重,铜臭味浓,贬低了绘画艺术的高贵和高雅。兰对这些议论,并不气恼,显得很平静,一笑置之。奇怪的是,兰的画并没因"一手交钱,一手交画"的铜臭气而挡住登门的求画者,来求画的人仍然很多。

兰的这种作风,传到一个女人的耳朵里。女人听了很气恼,本来这事和那女人没什么关系,可女人说她是一个热爱绘画艺术的人,她要为绘画艺术抱不平。她说兰不配做画家,浑身铜臭气,净拿钱说事,玷污了艺术的神圣,对这种艺术家,她看不惯,气不平。

说起来,这个女人不是一般的女人,是一位官太太,而且老公是一个位子不低的官。其实兰和这个女人并没什么交情,也素不来往,但这不等于说兰和这位官太太没有一点关系。曾几何时,官太太的丈夫,曾是兰的恋人,只因阴差阳错,这段姻缘变成一缕粉红色的过眼云烟,消失殆尽。可官太太的心里却留下了永远的伤疤,每每想起兰,就隐隐作痛。

一天,官太太突然造访兰。兰正在作画。兰知道官太太一准是来找她作画,就对官太太很礼貌,端茶让座。女人看看兰,心里叹,虽半老徐娘,仍风韵犹存啊!怪不得当年惹得男人那么喜欢!官太太到底是有水准的女人,对兰也不失礼节,把兰的画夸赞一番,最后让兰给她作一幅画。兰欣然答应。但官太太提出了要求:必须要兰到她家亲自挥毫泼墨。兰犹豫片刻,一口应允,好吧。但兰也提出一个要求:你必须再加一倍的酬劳,否则……官太太不屑地笑了,说:只要你的画有价,要多少给多少。

兰按时赴约,推开官太太家的门,兰不觉愣住了。屋里高朋满座,热闹非凡,都是些有头有脸的社会显达人士,其中有几位也买过兰的画。兰马上平静下来,清秀的脸上露出平和的微笑,从容地问了声大家好。

平静、平和是兰多年来练就的素养,滋养着她的内心和她的绘画。兰很重视这次登门作画,她带来了上好的毛笔和颜料。也不知为什么,从那天答应来官太太家作画,她心里就氤氲着一种说不出来的绵绵感觉,是因为当年官太太的丈夫是自己的第一个恋人,还是对那段旧情并没完全忘干净,她说不清。

大概两小时的工夫,兰把官太太要的画画好了。画成之后,在场的人士无不赞叹,褒奖有加。官太太又白又胖的脸上溢满笑容,显示出十分佩服和满意的神情。兰对官太太说,画完成了,我要回去了,请把润笔给我吧。官太太显出了几分傲慢和不屑,说,怎么能忘记你的润笔呢?早给你准备好了。她顺手从衣架上的红色坤包里拿出一沓钱,递给兰说,点点吧,这些都给你!兰接过钱,一张一张地点完钱,把多余的又还给了官太太。官太太说,我说了,多的都给你。兰摇了摇头说,我只要我应该得的。然后兰向屋里的人们打招呼说再见。当兰要转身离去时,官太太突然在

兰身后说,大家看,这位画家就知道要钱。你们看到了吗,她点钱的样子多像菜市场里卖豆腐的大嫂啊。官太太说着哈哈地笑了,又说,这位女士的画画得的确好,可是钱的铜臭气已熏黑了她的心,她的画已被肮脏的心灵玷污了,这样的画再好也不配挂在厅堂正室,只能挂在我的卫生间,大家说对吗?并没人回应,屋里很静,只有官太太银铃般的女高音。

兰依然平静地听着,没有任何反应。她也没回头,只是拉开房门,从容地走了。

兰一离开,屋里就热闹了起来,皆是批评兰的声音:唉,她太贪财了!另一个人说,是啊,太商品化了!还有的人说,她啊,已完全失去了一个艺术家的高贵操守啊!……

一年后,画家兰突然去世。报纸上说她心脏病犯了,当时她正在作画,手里还握着画笔。噩耗传出,人们不禁为这个才华横溢的女画家的英年早逝扼腕痛惜。在兰死后的第二天,从外地连夜赶来了十几个大学生。他们跪在兰的遗像前,痛不欲生。原来他们是兰资助的贫困家庭的大学生。他们一边哭,一边叫兰:妈妈啊,好妈妈啊……

女儿的心愿

学校临时通知:高三同学放假一天,老师们集体去邻校观摩听课。

太好了,这消息令我喜出望外。都知道,我们高三学生的课程异常紧张,就连星期天也不准我们住校生回家。谢天谢地,这回终于熬到可以躺在自家床上美美地睡上一觉了!

我没给爸爸打电话说今天回家的事,目的是想给他一个惊喜。

快走到家门口时,远远看到一个熟悉的身影在屋前的小花园里侍弄花草。我蹑手蹑脚走过去,对着背影喊:爸爸——

爸爸两手都是泥土,看着我,闺女?你,你怎么回来了啊!爸爸脸色紧张,很纳闷:今天不该回家啊?

我说:学校临时放假。

爸爸轻轻"啊"了声,有点埋怨:怎么不给我先打个电话?

我说:不是想给你一个惊喜吗?

照理说爸爸见到我一定又惊又喜,没想到今天爸爸却心事重重,一反常态。自从妈妈去世后,我和爸爸相依为命,爸爸把我当成他的心肝宝贝,只有我在他身边,他才会开心。今天爸爸到底怎么了?不对劲啊,难道爸爸生病了?

我一边想,一边走进院子。一进屋门,我简直不敢相信自己的眼睛:茶几上铺着漂亮的碎花桌布,墙壁上挂了画,窗台上摆着玻璃花瓶,瓶里还插着鲜花。我的心一下凉了,一股怒气涌上心头,自从妈妈去世,这个家从没这么漂亮过,我猜想,这肯定是一个女人的杰作,是一个女人使这个家变得这么漂亮,因为爸爸绝没这么高的持家水准。我突然明白爸爸见我时心神不定的原因。

原来爸爸有了女人!

这时爸爸走进屋,他刚洗了手上的泥土。爸爸见我看他,有意躲我的目光,掩饰慌乱。爸爸这样子,更肯定了我的猜测。我丝毫没被爸爸软弱的样子打动,用谴责的目光盯着他。爸爸想找话说,讨好我,一时却不知道怎么开口。

我闻到一股女人用的化妆品的味道,从爸爸的卧室散发出来,那是一种淡淡的甜丝丝的味道,这味道好熟悉啊!我心里咯噔一下:屋里藏着女人?我用鼻子使劲"哼"了声,就要往爸爸卧室去。爸爸吓得忙喊:闺女!

我站住了,爸爸的喊声里明显里有祈求、惊惧、阻止,还有抱歉。

我蛮横地说:我知道你为什么害怕,你想对我隐藏你的秘密!

爸爸说:对不起,闺女。

对不起?对不起是什么意思?

闺女,相信爸爸。

别花言巧语。你是不是爱上一个女人?我责问道。

是的,孩子,是这样。

而且那女人现在就在家里?我眼里噙着泪,双眼死死地盯着他。

爸爸呆住了,眼神茫然,沉默了一会儿说:是的,闺女,没想到,你这么突然回来,不然……

不要岔开我的话题!我说:不然什么?不然你就不会叫这个女人今天来咱家里,是吗?妈妈去世的时候,你是怎么答应我的?你说,你永远只爱妈妈一个人。可妈妈刚去世一年,你就这样对她,就这样把她忘得干干净净?你还有良心吗?你口口声声说妈妈不在了,要好好疼我爱我,我是你的命根子,是你唯一的亲人!可我不在家,你竟然把别的女人带到家里!你看看,还把家装扮得像新房,你是不是要把这个女人娶进家来?说完,我不顾一切冲进爸爸的卧室……

我一下惊呆了:爸爸的床头上摆放着妈妈的遗照,遗像前,是妈妈当年最爱用的化妆品。爸爸很用心,他把化妆品瓶盖都一一打开,仿佛妈妈正在使用着那些东西。那红色的玻璃瓶,多么熟悉,那淡淡的、丝丝香味多么温馨……

妈妈……我捧起妈妈的照片,泪如雨下。

爸爸心疼地抚摩着我的头:闺女,今天是你妈的周年纪念日。你妈妈离开我们整整一年了,我想用这种方式再送送她。她活着的时侯一直喜欢用这种牌子的化妆品,平时最爱在窗台上摆鲜花,铺这种碎花台布,我就按她生前的喜好,买来这种花台布,模仿她在的样子把家布置一番。我想用她最喜欢的方式祭奠她,愿她在天堂也和生前一样,生活得幸福快乐。叫她知道咱爷俩没忘她,天天都想她,也叫她别忘咱……爸爸抽泣起来。

我走到爸爸跟前,爸爸给我擦擦眼泪,把我揽在怀里:孩子,爸爸不知道你今天回家,不然,爸爸不会用这种方式悼念你妈,叫你这么伤心!

我抬起头,用衣袖给爸爸擦擦脸。为了安慰爸爸,我稳定了情绪,故意给爸爸做了个鬼脸:我还以为你趁我不在家,做偷情的事呢!

爸爸先是一愣,然后呆呆地看我,苦苦地笑:闺女,这话不好听,女孩家不准这样说话。爸爸怎么会偷,偷——爸爸没说出那个情字,仿佛那个字会脏了他的舌头。

我问:这个家是你装扮的?你有本事把家装扮得这么漂亮?

爸爸说:傻闺女,这有什么难,就照你妈妈喜欢的样子摆设呗。

我真后悔对爸爸粗暴的态度,羞愧地说:爸爸,原谅我,好吗?

爸爸点点头:闺女,记住,爸爸永远都爱你,即使你到了六十岁,也是爸爸的命根子!

我笑了,想象着我六十岁时还撒娇的模样,那真是太美妙了!

我清楚,不许爸爸爱上别的女人,与其说是怕爸爸忘了妈妈,倒不如说怕爸爸忘记我,怕别的女人夺走爸爸对我的爱。对这点,爸爸也非常清楚,虽然爸爸不说。妈妈去世后,爸爸的心一直都在痛,那巨大的痛和寂寞是女儿无法安慰和填补的。我想,我该像个大人似的为爸爸着想了。

我对爸爸说:再为我找个妈妈吧,祝愿爸爸重新找到幸福。话一出口,心里却漫上凉意,一瞬间,脑海里出现了妈妈在世时全家人一起快乐的情景。

我的话令爸爸很意外,爸爸知道我心疼他才这样说的。

爸爸看看我,又转脸看妈妈的遗像,眼圈红了,他对妈妈说:听见了吗,我们的女儿长大了……

我却趴在爸爸怀里,呜呜地哭了……

妈妈说

孩子,今天下午你放学回家,我就看到你脸上的泪痕,我的心就一抖,孩子啊,你知道妈妈最怕什么吗?最怕你痛苦,怕你不快乐。

可我并没立刻问你流泪的原因,因我已猜到,准是你这次期中考试没考好。我怕你再伤心,便装作没看见。可我心里放不下你,过了一会儿,我假装若无其事地去你房间偷看你,此时你低着头在看书,泪却一滴一滴地落到书桌上。我好一阵心疼,上前抚摸着你的头。你愕然抬起头看我,我对你笑着说:你是个用功的孩子,没有谁能做到只成功,不失败,擦掉泪,从头再来。我的话对你有了一点安慰,你擦了擦眼泪,说:妈妈,我已经很努力了呀,为什么还没考好?我太笨了!说这句话的时候,你眼里充满委屈与迷惑。

孩子,妈妈想告诉你,有些事并非你用心了,就一定成功。虽然我们常说一分耕耘,一分收获,但世上的事不会都这么顺理成章。为此我们就不努力了吗?不,更要加倍。只有加倍努力才可能增加更多收获的机会和成功的概率;而放弃努力则注定是一无所获,这种痛苦更令人难以忍受。

你抱怨自己太笨了,妈妈理解你的心情,人在失望时往往产生自卑,这是正常的心理。可你一定要尽快振作起来,树立自信,否则消极的情绪长时间积压在心里,会为其所害。你知道大象的故事吗?大象小的时候,驯象人用一根铁链将它拴在柱子上,幼象挣不断这根铁链,只好在原地摇头晃脑。可当这只象长成庞然大物后,尽管现在的力量足以挣断比这粗得多的链条,但它并不试图去挣断它,因为它已经丧失了挣断铁链的自信心!孩子,这样一根链条,如果拴在一个人的心上,该是多么可怕呀!自信是鼓舞你前进的动力,它来自心灵的深处,那是生命的力量。有一位小提琴家,曾在一次重大的音乐会上,忽然拉断了一根弦,他面不改色地用剩下的三根弦奏完全曲。之后他说,断了一条弦,还能用剩下的三条弦继续演奏,因为我自信!孩子,妈妈也希望你能在困难面前做一个自信的人,做好你能够做的事。

孩子,你把成绩看得很重,这是可贵的。但妈妈认为,良好的心理承受能力,健康快乐的性格,才是最重要的。尽管在这个充满竞争的社会我们往往以外在的名望来判断一个人的价值,尽管分数是老师衡量一个学生成功与否的标准,可妈妈想,如果一个孩子不懂得如何处理所遇到的压力,不懂得如何看待所受的挫折,或因一次考试成绩不好就走向沮丧灰暗,那么他怎能实现自己将来的梦想?怎么能够自食其力拥有幸福快乐的生活?一个人从读书到走上社会,不可能一帆风顺样样遂心,总会碰到各种困难,良好的承受力,自信快乐的性格,才是决定成功与否的关键,才是生命最宝贵的财富!

孩子,妈妈懂你心底的苦楚,你是个上进心强,自尊心强的小姑娘,分数中寄托着你的情感和心愿。你认为只有考了高分,才会得到老师和同学们的重视;只有考了高分,爸爸妈妈才会为你高兴;只有考了高分,自己才算得上优秀。孩子,把心放宽一点,不要让分数压得你这么沉重,天生我材必有用,每个人都有其独特的个性,只要有理想,有追求,懂得时间的价值,即使得不了高分,考不上名校,也一样能做一个有用的人,一个有价值的人,也会拥有幸福快乐的生活,也一样能得到别人的认可和尊重。

孩子你放心,你考不了高分妈妈也不会埋怨你。每天放学回家,吃完晚饭你就一头扎进屋里,写啊看呀背呀,直到夜里 11 点才睡,而早上不到 6 点就起床,就是妈妈也难做到呀。孩子,妈妈不但不会埋怨你,还要谢谢你,你这样自觉学习,不怕吃苦,妈妈已经很知足了。你的优点有许多,你性格文静不张扬,你爱同学,爱爸爸妈妈,谦让你的表弟表妹,你喜欢音乐,爱看漫画,不迷恋网吧,不浪费时间……一想到这些,妈妈就感到非常幸福和自豪。

孩子,看到你的心情比刚才好多了,我心里也轻松了许多。孩子,在这个世界上有一个人,她的心和你连在一起,她始终为你的笑而笑,为你的疼而忧,她比谁都更理解你,那个人就是用整个生命来爱你的妈妈。

打工老人

晚上我喜欢去那条热闹的街上散步。那是一条商业街,店铺一家连一家。橱窗里的华灯把路照得通明,浪漫而有力度的旋律从酒吧里飞出来。街上行人不少,有的是白天忙,趁着晚上的空闲来购物的,也有的像我一样喜欢在洋溢着都市气氛的热闹里消闲。

许多不相识的人从我身边走过,但我不会记住他们的面貌,就像他们也不会因我激起什么反应。不过有位老太太却引起了我的注意,这时她正朝我迎面走来。其实真正引起我注意的不是她的一头白发和年迈的体态,而是她肩上两只鼓鼓的编织袋。袋子里好像装了不少东西,袋子一前一后背在身上,坠得她半边身子微微向下"塌"。老人的头发有些乱,穿得也不干净,一只袋子上还钉着一块黑乎乎的大补丁。

我猜她是讨饭的,或者是捡破烂的。对于年纪大的人我向来感到亲切,她的样子更使我怜惜。我想给她一点钱,便下意识地摸了摸裤子口袋。晚上出来散步我一般是不带钱的,还好,我意外地在口袋里摸到一枚硬币。这时老人已从我身边走过去,我立刻转过身跑了几步叫住她。她停下来愣愣地看我。

我说:"大娘,给你钱。"

老人不知所措,目光从我的手上又移到我脸上。我想一元钱她不会嫌少吧,说:"给你一块钱。"

老人好像一下子明白了我的意思,笑了,她说:"闺女,我不要钱。"

我直视着老人,问:"为什么不要?"

老人说:"我不是要饭的,我是做小买卖的。"

我忽然为自己的善举不好意思,觉得有点对不起人家,伤了老人的自尊。可是老人的笑容使我轻松了许多,她笑得很平静,很慈祥,还流露出对我的谢意。我对老人顿时产生了一种敬重的心情。我和老人并非向同一方向行走,却莫名其妙地想陪老人走走。

老人大概看出了我是一个好心眼的人,也并不介意我的举动。我伴在老人一侧,谨慎地随着她缓慢的步履往前走。我问老人那袋子里装的是什么,老人说是洗澡巾和小孩子穿的袜子。听老人这样说,我心里算踏实了一点,我想这些东西不会让老人过于劳累。我说:"你这么晚才回家,你的儿女不担心吗?"老人笑着说:"我习惯了,一年到头没生过病。"

这时我留意到老人虽然老了,但脸上并没有太多皱纹,皮肤显得结实健康,腰板也硬朗,一看就是常年在田间劳作锻炼过的。我问她:"家离这儿远吗?""不远。"她说。"不过那不是家。"她又补充说。原来她的家在外地,她是陪儿媳出来打工的。她和儿媳每月花五十元在前面大楼对面租了一间小平房。儿媳每天一早去一家医院打扫卫生洗衣服,她闲着没事便出来做点小买卖,农忙的时候她们就回家。她还告诉我,她的儿子和孙子在另一座城市打工,在火车站做装卸工。我说:"你们一家人都出来工作,合在一起也有不少收入吧?"

老人说:"怎么也比不上你们城里人,多苦啊!"一个苦字让我感到了老人对儿孙们的疼惜和他们的不易。老人停住了脚步,把袋子换到另一只肩上,向我露出慈祥的告辞的目光。她指着路边的一条胡同说:"我得从这里走了。"

老人走了,走得很慢,双腿显得疲惫。我站在霓虹灯的亮光下,静静地望着老人的身子在胡同里变成黑影。望着老人远去的身影,我心里忽然感到有些空落落的,尽管街上依然热闹,尽管路上的人依然不少。

告诉你,我的孩子

孩子,今天下午放学回家,你对我说:你和你的同学走到半路上,被一个中年女人骗了。当时你们正走着,那个女人挡住了你们,她盯着你们脸上的"小豆豆",说她们美容院有一种非常有效的祛痘化妆品,能快速去除青春痘,很神奇,并保证说是天然植物合成,没任何副作用;还说如果你们相信她,她可以免费让你们试用。你们听后就心动了,暗想,没副作用,又不用花钱,试用一下也无妨。随后,你们便跟她来到路对面的一家美容院。可是当你们试用完那种化妆品要离开的时候,却过来几个人,要你们付钱。你们迷惑了:不是说好的吗?试用不要钱的啊!她们说她们要的是服务费,不是产品钱。你们忽然明白被骗了。直到今天,她们宣扬的那种"神奇"的产品,也没有产生祛痘的"作用"。

我听后有些不高兴,说:妈妈不是常告诫你,不要贪图别人的好处、小便宜,不要听信陌生人的话吗?

你很委屈,说:可她长得那么和善,一点也不像骗子的样

子啊!

我说:哪个骗子脸上贴着标签呢?"狼外婆"会扮成善良的小白兔,这样才更具有欺骗性啊。不过你们也算幸运,只是被她们骗走了一点钱。我告诉你,你知道妈妈害怕什么吗?假如今天骗你们的是人贩子,或是坏事干绝的恶棍,而你们又这么轻信她,你知道后果会是什么吗?

你听我说完,看看我,忽然笑了,说:妈妈,不要小题大做好不好?哪有你想的那么可怕,你放心,我不是小孩子,我可是个初中生,没那么幼稚。

孩子,你知道吗?正是你的这句话,正是你这种仿佛"曾经沧海"的语气,使妈妈更担心了。不是妈妈不信任你,你连一个小小的骗术都没能识破,我又怎敢相信你的"大话"呢?灾祸的概率对于没遇上的人来说是万分之几,对遇上的人来说是百分之百呀!

孩子,妈妈不愿你做个鲁莽的小姑娘,对今天这事,我想对你多说几句。耐心听一听,好吗?

是的,我的孩子,你已经长大了,妈妈并没忽略这一点,可是,你知道吗?你的个头比你的思想长得快。在心智上,你还没有从幻想期进入写实期,你仍是主观臆造的英雄,而不是现实世界里真正的英雄。也正因为这种心态,你们青少年才是最容易受到伤害的群体。

孩子,妈妈真切希望你能从今天的事情中得到一点反思,静静地想一想,这件事告诉了你什么?自己为什么容易上当受骗?应该怎样识别他人的误导和骗局。孩子,妈妈更要告诉你的是:骗子不光会利用你的弱点,也常常利用你们青少年的善良、单纯,利用你的同情心,设下陷阱,让你往下跳。有一些孩子,就因此遭受了这样那样的伤害,甚至受到了灭顶之灾。

还记得你从报纸电视上看到的社会新闻吗?一个女孩,在网上结识了一个"患不治之症"的男青年,为使他重新唤起对生活的希望和信心,女孩主动约他见面,并把他带回家中。有一天,她突然发现家里的存折和首饰不翼而飞,而那男青年也从此杳无踪影;一个品学兼优的女大学生,在火车站,为帮助一个"走迷路"的妇女,而被人贩子骗到边远山区,给一个文盲"做妻子";还有人装作向女孩子问路,女孩欣然带他去,可到了那个角落,那人却突然现出狰狞的面目。孩子,妈妈给你讲这些,不是吓唬你,不是要你变得胆小怕事,自私冷漠,妈妈是想告诉你,世上的确充满危险,当你走出家门,去面对这个真实的世界时,遇事要动脑子,要学会思考,要学会分辨。只有这样,才能及时预防和制止一些不该发生的危险。

人们常说:吃一堑,长一智,不经风雨,见不了世面。不过妈妈要对你说,这样的"堑"吃不得,这样的"世面"也见不得。孩子,不要因为生活给了你太多的幸福和快乐,就认为世上所有的事,都会像你想的那样,事事顺心如意。你或许会问,我们的社会难道这么不安全吗?孩子,妈妈告诉你:大千世界纷纭复杂,任何一个社会,都不可能有绝对的安全。只有你懂得怎样保护自己,避免受骗上当,各种各样的骗子才会没了市场,他们的伎俩就无法得逞,人们才能尽情享受我们社会的繁荣和安定。

孩子,妈妈有责任让你安全健康地长大,你对自己更要负责任。安全不仅仅是你自己的事,它是我们全家的幸福啊。

喷香的馄饨

那是冬天,我给公司办事,出差来到这个城市。下了火车,再乘出租车,到下榻的宾馆已是晚上10点。冬天的这个时候,夜已经很深了,深得漆黑,黑到夜的深处了。

酒店的大门旁边,也就十多步远的地方,有个卖馄饨的小摊子。橘红的路灯下,混饨锅冒着热腾腾的蒸气。因着忙赶路,我没有吃晚饭,此时正饿得饥肠辘辘。我正打算着到宾馆里泡盒康师傅方便面吃,看到这个馄饨摊,心里顿时掀起喜悦的浪花。

我向这个馄饨摊奔过来。这时我决定,吃上一碗馄饨,然后再进宾馆休息。

火炉旁站着一个长辫子的女子,背对着我收拾东西。我以为是个姑娘,就说:小姑娘,我要吃饭。听到我的叫声,那个小姑娘转过脸来,哎呀,原来是个眉清目秀的中年妇女。她非常漂亮,有点像日本的电影明星山口百惠。我有点不好意思,涩涩地笑着说,看你辫子这么长,以为你是小姑娘呢!她朝我一笑,很开心也很含蓄,她有着很好听的声音:还小姑娘呢,我是小姑娘的妈呢!她看我有些尴尬,转了话题:你是外地的?我说是的,我是枣庄的。她应了一声说,我知道那个地方,你们那儿有《铁道游击队》。我朝她点了点头。她问我:小碗还是大碗?我说:大碗。她说:你稍等,我马上给你下。

她脸上带着微笑,用小筐端着包好的馄饨,站在炉旁等着锅里的水烧开;我坐在小桌旁看着她。她真的很好看,长辫子两边的碎头发,用发卡别着,很整齐,微风一吹,碎发妩媚地抚动。因为寒冷,她穿得厚重,看着显得笨;外面套着一件过膝长的白色工作褂,但依然能显出她苗条的身材,不影响她干活,也不影响她转动身子时轻捷优美的姿态。

人的感情真是奇怪,在那一刻我心里竟对这个陌生的女人蓦然产生了些许温情和怜爱。

在等着水开的时候,她哼起了《弹起我心爱的土琵琶》:西边的太阳就要落山了,微山湖上静悄悄……她一边往锅里下着馄饨,一边小声唱着。她的声音很甜美。在异乡,听着乡音,我有说不出的亲切和温暖。

我就仔细地看着女人的后背,看着她乌黑的辫子,看着微风中抚动的碎发,看她苗条的身材,背影真像个小姑娘啊。

女人一边唱着,一边看着锅里,水开了,她又往里面加了点凉水,等水开三次了,她才把馄饨给我舀到已放好调料的大碗里。她给我先送来了一大碗,接着又给我送来了一小碗。看我纳闷,她说:我看你,肯定是饿了一下午了。要是按正常那样给你下一大碗,你肯定吃不饱。所以我又给你多下了一小碗。天这么冷,要是吃不饱,身上是不暖和的。她说话的声调,和我母亲一样,那么舒缓耐心。

我心里猛然荡起了一股暖流,说,好,谢谢你!

她对我笑着说,不用谢,出门在外,和在家里不一样,一定要吃饱啊,她说得语重心长。我越来越感觉她的腔调有点像我远在农村老家的母亲。她看我有些发呆,就催促我:快吃吧,趁热!

我端过碗,埋头吃起来。也许是我饿极了的缘故,我感觉她做的馄饨好吃极了,是我长到这么大吃的最好吃的馄饨,比我母

亲做的都好吃。

不一会儿,一大碗馄饨下肚了。也许是我饿了的缘故,我只是感觉吃了个半饱,又把那小碗馄饨端起吃了起来。吃毕,我感觉,饱得不前沉不后沉,正好!

热腾腾的馄饨下肚,我身上热腾腾的,心里暖乎乎的,血液也畅通起来。我问多少钱,女人只收了一大碗的钱,那一小碗的钱说什么也不要。我说什么也不愿意,说:这么冷的天,你也不容易,这一小碗的钱说什么也得收。女的说:你也不容易,抛家舍业,这么冷的天,还在外面跑。我什么忙也帮不了你,也就是能多给你烧碗汤喝。

我说:你是以这个为业啊!

她说:我不挣这钱。我就是收你一碗的钱,也挣了你的钱。我之所以少收你的钱,就是因为我的男人也和你一样,也在外面跑业务。现在,他不知在哪儿呢!是不是能遇到像我这样的,能给他多烧上一碗汤!

听了她的话,我的心一颤。我就没再坚持,只是说,大姐,天冷了,你也收摊吧。

她说:好,我再等等,看是不是还有和你一样没有吃饭的人……听到这儿,我的心里一阵激动,眼泪差点夺眶而出。于是我就转移话题,把话题转到了她火炉旁趴着的一只小花猫上。小猫卧在黑影里,很安静。女人对我说:这是只流浪猫,每晚都来陪我,它非常懂事,一看我收摊就知道我要下班了,就乖乖地离开了,也不知它去哪里了。女人说着叹了一口气,然后对我一笑,问我:馄饨好吃吗?我说:好吃好吃。女人看我语气诚恳,高兴地笑了,笑容淡定温和,很美。

我很快为公司办完事,第三天上午就要返回了。

我坐在火车站候车室大厅的椅子上,一边等车,一边看着手里的列车时刻表。一个女人的声音在我耳边响起:先生,买份报吧,日报一元,晨报五角,花钱不多,尽知当天天下大事。声音平缓舒展,很熟悉。我抬起头,不禁愣了:怎么是那个卖馄饨的女人。她胳膊下挟着一沓报纸。显然她也认出了我,她惊讶地说:怎么是你?事办完了?我说:事办完了。我要回了。你怎么又卖报纸了呢?她说她卖馄饨的地方是酒店的,酒店白天不准摆摊,只能等天黑了摆。所以上午到车站卖报,下午回家准备馄饨馅和皮,晚上再去摆摊。我说:你这样不停地干不累吗?她笑着说:习惯了,每晚12点前收摊,尽量早点回家休息。趁着现在还年轻,还能出力,抓紧时间多挣点钱,到老了不后悔。她又像是开玩笑地说:以后再来我们这里,别忘了去我的馄饨摊吃馄饨啊。我说:一定一定。之后,我买了五份日报、五份晨报。

　　她知道我为什么这么做,就说:各买一份就行了,不要那么多。我执意要买。我说买了送人。她知道我在说谎,就给我商量,说,买两份吧,一份自己留着,一份送人,好不?看她那真诚的笑容,我不忍心再坚持,就点了头……

　　离开了那个城市后,我至今再也没回去过。可是那个女人却迟迟不能令我忘怀。每次回忆起她时,我总感觉全身热腾腾的,暖乎乎的,一股馄饨的香味扑面而来。

　　我清楚,那晚吃的馄饨,是我一生中吃得最香的馄饨,它会使我回味一生。

孩子，你听妈妈说

吃晚饭的时候，我对你说，有个男孩，叫刘强，今年上小学二年级，他爸爸妈妈都去世了，现在跟着爷爷奶奶生活。可他爷爷奶奶太老了，没钱供他上学，他就要失学了。

你问我，他住在哪里？你怎么认识他的？

我说，他住在我们这个城市的郊区。我是从网上看到的。

你大概看出了我的心思，问，你想帮他交学费供他上学吗？

我说，是的。我想起你有一个新书包还没背过，就说，有时间我想去他家看看，把你的新书包送给他，好吗？

你有点诧异，说，你不认识他，又非亲非故的，为啥对他这样好？

我说，因为他非常需要有人关心，而我们又能够帮助他。

你说，像他这样的穷孩子有许多，你只帮他一个，不是还有那么多孩子上不起学吗？

我本想因为这种看法说你几句，而这时你离开饭桌去你的房间看书去了。

孩子，你知道吗？你的话虽然声音不大，却每个字都重重地落在我的心上。我责备自己，为什么平日里只注重你的学习成绩，而没有重视让你养成"爱"的习惯呢？妈妈多么希望你是一个有爱心、同情心的孩子呀！当然，你爱爸爸妈妈，爱亲人，爱同学；可是只爱跟自己有关系的人是不够的，古人不是说"老吾老以及人之老,幼吾幼以及人之幼"吗！对同自己没关系的人也一样要爱。虽然他们和自己非亲非故,素不相识,可冥冥中彼此都有一种相托的情感,这情感蕴含着一种义务、一种责任、一种担当。你说的话没错,上不起学的孩子有那么多,我的这一点点力量太小太小,但是对这一个孩子来说是非常重要的呀！或许他由此就能走出困境,改变他将来的命运。一个人的力量虽然很小,试想如果每个人都献出一点,都来帮助需要帮助的人,加起来不就是全社会帮助全社会了吗？妈妈对你说了这么多,并不想责备你,因为你还小,成长需要时间。但是,这些话不能不说给你听。

孩子,不知你还记得吗？那年咱们家一起出去旅游,在机场见到几个残疾青年,有的拄着拐杖,有的坐着轮椅,其中几个人上飞机时还需要人抱他们上去。可使我惊奇的是,他们的笑容是那么灿烂,他们的目光是那么明净,一点也看不到残疾人的沮丧与消极。后来知道他们都是画家,自发组织去外地搞一个募捐画展,以资助贫困地区建学校。而帮他们上飞机并陪他们一同去的也是不取分毫的大学生志愿者。别人关爱着他们,他们也在关爱别人,用自己的聪明才智造福他人。那情形令我难忘。从他们身上我明白了一个道理:幸福来自于你为别人,别人为你。如果他们只想到自己,怎么可能活出这样的人生来呢。孩子,你知道吗？爱别人的人才会有更多的机会感受到生活的温暖和美好。

或许你会想,一个人只要自己有钱,有健全的体魄,拥有自己追求的所有东西,就无须别人的关爱。是这样吗？即便一个人拥有了所追求的一切物质,也不一定就真正幸福。

人的一生,也是一次精神旅游,除了物质上的满足,还希望能够得到朋友的认同,需要别人知道自己的价值,希望在生活的世界里有一种自己对别人很重要的感觉,希望得到别人的关爱怜恤。如果一个人的面孔是冷漠的,灵魂是自私孤傲的,内心是贫乏干燥的,你想这种人能得到他所希望的快乐和幸福吗?没有一个人会富裕得不需要这些。你希望别人怎样对自己,那么你就应该怎样去对待别人。

一个人不可能脱离别人而快乐。这是一条永恒的定律。我想起报上看过的一个美国人的故事:一位久治不愈的忧郁症病人,找到了一位极有名气的心理医生,医生给他开了这样一个处方:每天用心帮助一个人,并让他感觉到你的爱心与真诚。医生承诺,按照这个处方去做,半个月内保证能治好病。病人按着这个"药方"身体力行努力地去做,果然收到了意想不到的疗效。这是"爱"所具有的独特功效呀!

孩子,你知道吗,心灵的匮乏比贫穷、疾病更能侵蚀人的身心健康。妈妈只想告诉你,如果你生活得愉快幸福,不要忘了看一看你周围的人,是否需要你的"爱"。"爱"很容易做到,它不只是钱和物,爱也可以通过一些细小的事表现出来,比如给老人让一个座位,比如对别人的一个微笑……如果你能行,就不要放弃任何"爱"的机会,随时随地;也不要轻视你的能力,只要你用心去做就够了。

孩子,寻个时间咱们一起去看刘强好吗?我想你会和我一起去的,再带上你的那个新书包。

都是爱

一位老爷爷和一位老奶奶坐在公园的椅子上晒太阳。老奶奶摘了一朵身旁的迎春花惊喜地对老爷爷说:看看,你看看,这迎春花原来是五个花瓣的呀,我还一直认为是六个瓣呢!

老爷爷不屑一顾地笑了,讽刺老奶奶说:你还有这么高雅的情调?还会赏花?我一直认为你是个俗人,只知道唠叨我,真不知你还有这雅兴啊。

老奶奶气得转过头,瞪着老爷爷说:死老头子,你是在贬我。自打我十八岁嫁到你家,我就算卖给了你家。我就变成了一台干活的机器,从来没歇过。伺候你七十岁的老娘,给你生养六个儿女,起早贪黑当你拉磨的驴。吃的苦,受的难,那可是两火车也装不下呀。

老爷爷说,你这老太婆整天诉那过去的苦,我耳朵都快听出茧了。现在不是过好日子了吗?你的好,你的功劳都装在我心里了,我好好疼你报答你不行吗?

老奶奶说:谁要你疼,你别惹我生气,别给我抬杠,就算烧高香了。

记得有一次,我生病,高烧 40 摄氏度,难受得躺在床上求生不能,求死不得。你不但不心疼我,还对我发脾气,你怎么还不快点好起来,家里乱套了,家里乱套了,六个孩子谁来管啊。

老爷爷不高兴地打断老奶奶的话说,老太婆,换个话题好不

好,那时我又要上班,又要照顾六个孩子,那不是累急了说的牢骚话吗?这事已经过几十年了,我也已经向你赔礼无数次了,你怎么还是得理不饶人啊。

老奶奶不依不饶地说,那都是我走过来的路,你叫我忘,不让我说,我做不到!

老爷爷说,你这个固执的老太婆,只要你高兴,你愿意说就说吧,都是我把你的脾气惯坏的。

老奶奶看着黄灿灿的迎春花感叹说,时间过得真快啊,这人的寿命怎么和花比呢?花落了,明年春天又开了,可人生七十古来稀啊,过了这辈子,路也就走到尽头了。

老爷爷说:不要说这消极的话,你说的古来稀都是老皇历了,现在活到九十岁一百岁都不稀罕。

老奶奶反驳说:要活一百岁你去活,我可不愿活那么久,给儿女们添麻烦,真是自私的家伙。

老爷爷没吭声,好像对老奶奶的话也不反对。老爷爷突然想起什么,高兴地说。

明天是星期天,小儿子说好了要带我们去大酒店吃饭。

老奶奶想了一会儿问:哪家大酒店?咱们去过吗?

老爷爷说,去过,就是前街那家最大的酒店。

老奶奶说,我可不记得去过,前街哪有什么最大的酒店,我从小就在前街长大,从来不记得有什么最大的酒店。

老爷爷生气地说:你装傻是不是?新开的那家大酒店。过年的时候大儿子不是带咱刚去吗?怎么这么快就忘了?

老奶奶反驳说:过年去的不是大酒店,是火锅店,我清清楚楚记得吃的是羊肉火锅。

老爷爷说:你这老太婆真讨厌,明明去的是大酒店,吃的海参宴,非说是火锅,哎,真是颠倒黑白!

老奶奶说,你个老头子只会跟我抬杠,我就是不记得去过非叫我承认去过,你才是颠倒黑白呢,真是没法和你这种人过,一天到晚吵吵吵,真叫人头疼。老奶奶一边说,一边生气地站起身来要走,这时老奶奶才想起,她和老爷爷的手一直握在一起,一直握着……

最美的老婆

手机突然响了,一个从未见过的号码。

我问:喂,你是哪位?

里面传来急切的男人声音:你是常有礼吗?

我愣怔了,忙说:是的,我就是常有理。

男人说:我是派出所的,你快来派出所领你母亲。她今天上街买菜的时候突然神志不清,走失了,是我们巡逻民警发现了老人家,把她领回派出所的。现在她的意识有所恢复,她说出了你的名字。你赶快来领老人家,她已经急不可耐了。

我拿着电话,半天没回过神来;伸头往母亲房间看看,母亲正在屋里睡午觉,睡得那么安详,那么香甜。

我不相信自己的耳朵,以为听错了,就喊正在阳台洗衣服的老婆。我问老婆:床上睡午觉的是妈妈吗?

老婆拿手指点了一下我的头,骂了一声:你神经啊,不是妈是谁?难道是王母娘娘?

我还是不相信老婆的话,亲自跑到母亲床前,趴在母亲脸边看,没错,千真万确,是母亲。我把手机举到耳边,问派出所:你说谁走丢了?我母亲?你是警察吗?不是神经病吧!

那男人说:你严肃点!我警告你,遗弃老人是犯法的,是要坐牢的。

我说:我母亲就在家里,就在我身边,在她床上睡午觉,怎么会走丢,莫非你是骗子,想敲诈勒索,我警告你,小心我现在就打110抓你!

男人说:那你就快来抓我,我在顺利路派出所等你,你立刻来,不来我去找你。

我说,好,我这就去,我要看看你们到底演的是哪出戏!

老婆在我身边也听得如坠云雾,她说:我和你一起去。

我开着宝马车,老婆坐在副驾驶位子上,直奔顺利路派出所。一路上,我和老婆都沉默着,心里想这到底是咋回事。

一进派出所大门,一个黑脸大个的警察就在门口等我们了,见了我们他就说:老人糊里糊涂,说话颠三倒四,你们真是胆大,让这样一位神志有问题的老人出来买菜,要不是我们巡逻警察发现得早,还不知会发生什么严重的后果呢!

我没有搭理警察,随他去说吧,反正我现在就是满身都是嘴,也说不清。

我和老婆跟着警察来到接待室。看到一个女警察正给一位满头银发的老太太端水喝。见我和老婆进来,女警察一脸怒气,不搭理我俩。

站在老人面前,我手足无措,不知该对老人说什么,做什么。老婆比较自然,她亲和地坐在老人身边。老婆心眼好,对人和善真诚,特别对老人更是热心肠。

老人看见我和老婆来,神情很平静,确切地说是有点木讷,没有突然见到亲人的激动和兴奋。

老婆轻言细语地问老人:你认识他吗?老婆指着我。

老人抬了一下眼皮又低下了,说:认识,他是我儿子。

女警察狠狠地白了我一眼,好像在谴责我。

我弯下身子,看着老人的脸,轻声问:老人家,你再仔细看看,我是您儿子吗?

老人看也不看,脱口说:你就是我儿子。

老婆问:你儿子叫什么名字。

老人说:常有礼。

我一下傻了。天哪,莫非这位老人才是我亲妈,我还有着我不知道的身世?

还是我老婆聪明,她拉着老人的手问:老人家,他是您儿子,我是谁?

老人看看我老婆,皱了下眉头,笑了:你是我儿子,叫常有礼啊。

老人的一句话,把我和警察都吓呆了。

黑脸警察指着我老婆对老人说:您再说一遍,她是谁?叫什么名字。

老人又重复一遍:她是我儿子,叫常有礼。我儿子常叫我听他的话,说他的话都对,所以我叫我儿子常有理。

原来是这样的常有理,不是常有礼。

我看看警察,警察看看我,我们尴尬地一笑。我对警察说:现在你明白我说的话了吧?老人真不是我妈,我妈正在家里睡午觉呢。

黑脸警察有些不死心,指着我又问老人:看看他的脸,是您儿

子吗？

老人的目光在我脸上停留片刻说：咋不是呢？一个鼻子两个眼，都一样。又看着黑脸警察说，你也像我儿子，一个鼻子两个眼。说完自己嘿嘿地笑了。

黑脸警察的脸"唰"地红了，变得黑里透红，红里透黑。

女警察也不好意思地对我和老婆说：对不起，错怪你们了，都怨我们工作不细致，造成误会，请你们原谅啊！

黑脸警察也挠着头说：这位老人确实不是你母亲，是我们工作太马虎，多有打扰，请原谅啊！

我和老婆说：没关系，你们是想尽快为老人家找到家，你们为人民服务，很辛苦，应该谢谢你们啊！

当我们离开老人，走出接待室时，老人突然放声痛哭：我要回家。儿子，我要回家！好儿子，把我带回家吧，你们不能把我扔在这里啊！

老人的哭声在我们身后越来越响，我和老婆上了车，老人的呼喊声依然不绝于耳。

我才要发动车，老婆说了声慢。我看着老婆。

老婆说：你看老人多可怜，咱们把老人带回家吧？！

我装作没听见。

老婆又说：你舍得把这样一位神志不清的老人搁在派出所？这里毕竟不是家啊！老人在这里心情会越来越急躁，神志会更加混乱，如果把老人接到咱家，用心照料她，说不定，她很快就会清醒过来，就能尽快回到亲人身边！

我仍然不吭声。

老婆叹了一口气，幽幽地说：老人的哭声让人心疼，如果是咱自己的亲妈，咱忍心扔下吗？

老婆的这句话令我心里一疼,疼得双手轻轻一抖。是啊。老婆说得对啊。我说:把老人接回家,对我来说没什么,我整天在单位,一出差就十天半月。可你能行吗?家里已有个老人了,再来个神志不清的,得给你添很多麻烦,你能吃得消吗?

　　老婆笑了笑说:无非是辛苦点劳累点,我身体好,没什么吃不消的。再说了,老人不过暂时在咱家,警察在帮着找,老人的家人也肯定在找。你听老人那哭喊声,她把咱当她的亲人了。咱把老人接回家,老人心里踏实有依托,没准脑子就清醒了。

　　老婆说得有道理,可我还有顾虑,我说:咱妈不会有意见吧。

　　老婆说:你放心,妈妈会为我们做了这样一件事高兴的,妈可是最善良的人啊!

　　我被老婆打动了,当着警察的面,狠狠地亲了老婆一口。我说:老婆,你是世上最美的人!

眼里有泪

　　女经理忙完手头上的事,夜色已晚。她没回家,就在她的办公室睡下了。办公室是里外间,外间办公,里间有床,供临时休息用。

　　半夜,女经理忽然惊醒,她听到外间办公室有动静,很微弱,像是轻轻翻动抽屉的声音。女经理一阵心悸,心一下蹦到嗓子眼,她的第一直觉告诉她:小偷。

　　女经理没慌张,立刻冷静下来,竖起耳朵边继续听动静,边想着怎样对付。她故意大动作翻身,弄出声响,想把小偷吓跑。果然,翻东西的声音戛然停住了,黑漆漆的屋里一片静寂,针落到地上都能听见。可是只一会儿,翻动抽屉的声音又响了,而且声音更大了。那声音告诉她没有走的意思,女经理并没想大声呼喊叫人,因为呼喊也无济于事,她的办公室离门卫很远,即使喊破嗓子也没人能听到。这种情况下,她只好发挥自己的机智和勇气了。女经理壮着胆子大声对外间的办公室问,谁?干什么的?那个声音却不紧不慢地发话了,说:我,小偷。

　　自报家门,胆这么大,很有来头啊!女经理忽然意识到,自己还躺在被窝里,赶忙坐起身来穿衣服。小偷好像很懂女经理的心思:你别怕,我只爱财,不爱色。我不会动你一根毫毛。

　　女经理已穿好衣服,摸黑去开灯。灯亮了,一个挺拔魁梧,相貌俊朗的三十五六岁男子出现在她面前。他丝毫没有做贼的那种恐怖和凶煞,硬朗中透着又几分温厚。女经理心中猛地一动,这张脸她有点眼熟。女经理悬着的心不禁有几分放松,说:这么英俊的汉子怎么干这没面子的事?小偷笑笑说,你不懂,做这事很快乐。女经理说,看来你常偷。小偷说,也不是,不高兴的时候就偷。那偷一次你能快乐多久?小偷说,不一定,要看偷的东西的价值来定。偷的东西价值越大,快乐的时间就越长,如果不走运,偷得少,只能快乐两三天。不过我想你不会令我失望的,你是富人。女经理说,真对不起,我让你白来一趟,我没有一分钱给你。小偷的脸一下难看了。女经理又说,我也从不带金银首饰,也没有珠宝让你拿。女经理把手腕、脖子晾给他看。

　　小偷突然翻脸了,从腰里抽出刀子,狠狠地说,我说不爱色,可没说不要命。你若不拿出钱来,不把你的银行卡拿出来,我就一刀下去戳穿你。小偷把闪着寒光的匕首在女经理脸上转了个圈。女经理并不惊慌,像是电影里面对敌人枪口的英雄,说,你真是没见过世面的人,真无知!有钱人的身上是从不带钱的,因为需要什么只要说句话就有人做,用不着自己费神花钱。我的手从不沾钱的。

小偷已没了耐心,气急败坏地说,你少废话,快把钱拿出来,刀子可是不认人的!女经理说,对了,我今天收到一张50万的收据单,你看吗?女经理从桌上的一个信封里拿出一张单据递给小偷。是一张捐赠款的收据,捐赠给市聋哑学校的孩子买人工耳蜗的。小偷的手下意识地抖动了一下。

女经理说,你再看我办公室的摆设,再看看我穿的戴的你就知道我的话是真是假。

小偷看看女经理的办公室的沙发已经露出里面的瓢子,办公桌外层的漆像干馒头皮点状脱落。再看看女老板穿的也很是一般,若走在大街上,跟纺织厂走出的女工没两样。女经理说,对我来说,钱和财都是身外之物,我向来把钱看得很淡,有时把钱看成一张纸,但有时我把它看作是快乐!

小偷说:有钱当然快乐了!

女经理说:当我把挣的钱捐给一个聋哑学校孩子,看到他们戴上我捐赠的人工耳蜗,听到这个世上最动听的声音,看到孩子们康复的时候,我的心才能得到快乐和满足,那一刻我感觉,我和孩子一样是世上最幸福的人。

女经理看着小偷的刀子笑着说:其实我所有的财富就在你面前。小偷眼睛一亮,盯着女经理的脸,又迅速朝房间巡视了一遍。都在这里了。女经理指指自己的心,这里有无穷无尽的宝藏,她使我把一生都奉献在事业上,毕生受用不尽啊。你能懂吗?钱和财都是身外之物,只有这里埋藏的爱心才是属于自己真正的

财富。

　　小偷俊朗的脸看看女经理,好像懂,又好像不懂,不过他听着很仔细。小偷把手里的刀子放回自己的口袋,说:给我一支烟抽。女经理说,我不会抽烟,所以我这里从不放烟。给你倒杯水吧。小偷接过水,但他并没有喝,端着杯子像在思索什么。他问:你为什么不报警。女经理说:为了你的孩子。小偷不由地看了一眼女经理,又赶忙把目光移开。

　　过了一会儿,小偷起身向门口走去,却又转过身问:我用刀子对着你,你为什么不怕?男人也比不过你啊。女经理淡淡地笑了,说:我知道你不会伤害我。

　　他不解,问:你怎么知道我不会伤害你?

　　女经理说,在灯光亮起的瞬间,我就认出了你。你孩子的人工耳蜗就是我捐赠的。在那次的捐赠会上,你就坐在我的对面,当你接过人工耳蜗的时候,你落泪了,一个男人落泪了。虽然时间过去很久了,但我对你的印象很深。我想,只要眼里有泪的人,他的心里就有着浓浓的爱,他的心就不会冷若铁石,就不会失去人性。小偷苦涩地笑笑,没想到你还记得这么清。小偷然后说了声:对不起。他接着就把门轻轻关上,走了。

　　几天后,女经理收到一封信,信中只有两个字:谢谢。

桃子的幸福

桃子的工作就是在浴室给人搓澡。在这所牛气冲天的桑拿洗浴中心,她干了快五年了。

桃子的悟性很高,虽没经过专门学习训练,可她的搓澡水平却是一流,该重的地方重,该轻的地方轻。给客人服务肯卖力,一招一式从不偷懒耍滑,就像一名老实的裁缝,不偷漏一个针脚。

常来洗浴的客人,都了解桃子,指明要桃子搓。有时搓背的人多,要等上大半个小时才轮上,那人家也愿意等,高高兴兴地等。桃子便觉得很荣耀,给人家搓得也更殷勤,更用心。对桃子来说,自己被人家看得起,是最大的荣光。

桃子手大,肉厚,手掌特柔软。当客人睡在皮质的海绵床上,桃子将浴盐洒花样淋到客人身上,用她柔软滑润的手指抹均匀,随即便恰到好处地在客人身上或搓揉拍打或挤捏按压,动作时疾时缓,并伴着声声手掌撞击肌肤的清畅之音,客人便融化在这甜蜜的享受里。

在女搓澡工里,桃子领的工资最高,能拿到一千五六百元,比她的同事多四五百。

我和桃子认识,也是因为每次去洗浴中心洗浴,都找桃子搓背。一回生,两回熟,日久成朋友。渐渐地我们俩就家长里短,成了无话不说的好朋友。

桃子长得又高又壮,像头结实的母马。我说:桃子,你走在街

上比人高半头，你真像头母马，蛮好看的。桃子却淡然一笑说：我哪里是什么母马，说起来，我是只无家可归的小老鼠，好可怜，好可怜。

我知道，无意中我的话触痛了桃子的心。

桃子姓邱，家在山东农村。她出来打工，不是为了给家里赚钱过富裕的日子；也不是为孩子上学，买课本交学费；桃子是因为自己男人在外养了女人，愤怒之下，从家里逃出来的。

我对桃子一整年不回趟家，很不理解，我说，桃子难道你不想家？不挂念你孩子和你男人？你的心就这么大？

桃子听了哎了一声，说，你知道我为什么不回家？我摇了摇头。桃子眼里露出愤怒的光，她说：我恨那个家，这辈子也不想回去！想起那个畜生（她男人），我就恨得牙根出血，恨不得咬下他几块肉。

看桃子这么咬牙切齿，我忙说对不起。桃子知道自己有点激动了，忙对我说对不起。后来，桃子告诉我了她的故事。

原来，他男人在安徽干建筑，建筑工地上有个做饭的寡妇，每次他男人去吃饭，寡妇都给他碗里多盛一块肉，多舀两勺汤。一来二去，两人就好上了。后来，寡妇怀孕了，男人害怕，害怕自己的名声坏了，害怕桃子知道同他闹，坚决要寡妇打掉孩子。寡妇不愿意。寡妇说：我一个寡妇都不怕坏名声，你一个汉子怕啥！寡妇决定要生下孩子，并说谁叫我打掉孩子我就和肚子里的孩子一块儿死。寡妇看男人害怕了，又柔声对桃子的男人说：我之所以要生下肚子里的孩子，是因为我从心里对你有感情，真心实意爱你喜欢你，我想我能留下你的一条根，我就幸福一辈子，也算没白和你好一场；如果你害怕孩子生下来给你惹麻烦，等孩子生下来我自己养，从此咱俩散伙，天南地北不相见。男人被寡妇说服了,最终答应寡妇留住孩子。

　　看着寡妇日渐隆起的肚子,男人一狠心,带了寡妇回家生孩子。

　　桃子的男人带寡妇回家前已经做好思想准备:要杀要剐随她去!其实男人知道桃子的性格,也就是那黔之驴,除了大喊小叫,一哭二闹三上吊,没啥真本事,谅天也塌不下来!

　　桃子天天在家除侍弄二亩自留地、照看上三年级的儿子,就是盼着男人回家。盼男人给她挣钱回来,过好日子,过孩子想吃啥吃啥,大人想穿啥穿啥,不要一分钱掰八瓣花的窘日子。没想到,男人给她带来了个挺着大肚子的寡妇。虽然寡妇一进门叫了她一声嫂子,这声叫却像滚地雷,把桃子击傻了。桃子清醒过来,明白是什么事之后,先是大哭大叫着要把这对狗男女活劈了,之后就拿着绳子往自己脖子上勒,哭嚎着要寻短见。可人家寡妇,脸抬得高高的,看也不看她一眼。桃子救命样地求男人:你叫这个女人给我滚!她要不滚我就滚!男人一声不吭,蹲在屋角装孬种,直抽闷烟。桃子一下没了辙,叫天天不应,叫地地不灵。绝望使她猛生一个念头:走,离开这个家!

　　桃子就奔向了火车站,卖票的问她买什么地方的车票?桃子说:去大城市,去省城。买了车票,桃子稀里糊涂地就坐上了火车……

　　我说:你恨你男人,可孩子你能一点不挂心?孩子可是你身上的肉啊!桃子说:挂心啥,人家没有娘的孩子不是照样长大?就算我这个当娘的死了,没我了!不是还有他爹他奶奶吗?他家的孩子他家的血脉,能不疼?我说:孩子也想你啊。桃子说:想就想吧,没办法。我来这里打工我娘家人知道,听我娘打电话说,那寡妇生了个女孩,就和那个畜生一起过了,对我儿子也疼。桃子干笑着说:这寡妇还有良心。

我气愤地说,你为什么不去法院告你男人?让他去坐牢!

桃子说:你真傻,你这有学问的人还不如我有心眼呢。他真要是被抓去坐牢了,孩子怎么办?谁来养?我养?养孩子是男人的事,一个女人能有多大能耐?光靠地里种的那点粮食,能供一个孩子长大?那不苦了我?我可不做那傻事,倒还不如我现在这样一个人在外闯荡好过呢。你以为,都像电视上说得那么好听,女人要自强,要自尊,有困难找政府,找妇联,妇联是女人贴心的家。要真是摊到事,谁也帮不了你,火炭落到自己脚上,还得自己疼自己受。说比做难得多啊。

是啊,桃子说得没错,说比做难得多,不是所有的人都能闯出自己的一片天。

最近桃子不知心里想什么,对我说,她不想在浴室干了,干够了。我劝她:你在这里不是很好吗?工资高,包吃包住,待遇这么好,难道你又找到了比这好的工作?

桃子说:你只知其一,不知其二。你知道老板怎么包我们吃住的吗?桃子说:吃的天天就是大白菜炖粉条,三天五天不换样,搞得我们喘气都是白菜味。不过吃对我来说怎么都能凑合,实在馋了在外面的饭店里炒一个带肉的解解馋也行。就是这"包住",真叫我受不了,我们就住在浴室隔壁的公共休息大厅里,连一张固定的床铺都没有,看哪张床闲着,就睡那张。除白天正常的工作外,如果夜里有客人洗浴需要擦背,我就得随时起来服务,这种劳动老板是不给任何报酬的。休息大厅的环境很不安静,墙上的大电视,白天黑夜不停地轮番放;我自从来这里干,几年了,没睡过一个舒坦觉,都是凑合着过来的。

我说既然这样,不想干就算了,别难为自己,再换个工作,找个自己喜欢的。桃子反问我:你说我能干什么?我四十岁的人了,又大字不识一个,我这样要啥没啥的女人,除了去涮碗洗盘子,扫扫地,当保姆做下人,还能有什么好活干。我说,那你想干什么?桃子笑了,说:我也不知道。过了一会儿,桃子忽然对我说:我想叫你给我找个男人,你认识的人多,给我打听打听,死老婆的,离婚的,年龄大的,都行。只要愿意管我吃饭穿衣,有一张床让我睡觉就行,别的我没啥要求。我太累了,真想有个家,真想过你们正常女人过的那种日子,晚饭后和男人一起出门散散步,坐在沙发里看看电视,陪男人说说话,聊聊天啊。

我说:好,只要你桃子说了,我一准当正事办,你放心,明天我上班就给你打听,问问同事,叫他们帮着收集信息。桃子说:你不要这么性急,这是可遇不可求的事。我说,你也真该有个家,这样一人在外漂泊,何时是个头啊!桃子长叹一声说:终有到站的时候啊!

那天是星期天,丈夫要我陪他去郊区的水库钓鱼。我说不去,我要在家干家务。丈夫刚出门,我正想洗衣服。桃子兴冲冲地来了,她一推门,我吃了一惊。桃子打扮得像去做电视嘉宾。她穿了身银灰色的套裙,从来没见她穿这么好的衣服;头发在理发店拉直了,眉毛修得整整齐齐,唇上还涂了淡淡的口红,和那个在浴室里整天穿着大背心,大裤衩,趿拉着塑料拖鞋的桃子判若两人。

我看着桃子说:人靠衣服马靠鞍,你好漂亮啊,换了个人似的,把我的眼睛都晃亮了。

她说:要是不打眼,就没效果了,不打眼,怎么能打动人心啊!告诉你,我刚去相亲了,去会了一个老头。

会了老头?你怎么和老头认识的?我吃惊地问。

一个常去洗澡的老太太给我牵线介绍的。那老头是老太太的邻居。

老头有多大岁数？我问。

整六十，比我正好大二十岁。

我说：那怎么行，比你大得太多了。

桃子并不在意，说：不比我大这么多，人家愿意要我吗？他要的就是我的年轻。

我说：不行，年龄差得太多了，你再等等看，没准我能找个比他年轻的。

桃子说：能找个年轻的当然好，能找个又年轻又有钱的更好，可那不是白日做梦吗？你想想，我一个农村来的女人，一个在浴室的搓澡女人，一点文化也没有，除了年轻一点，还有啥资本挑剔人家！人家不嫌弃我，不挑我的毛病就算不错了。我现在什么也不要求，只要有人能给我一个家，给我一个安稳的窝，我就满足了。

我说：你这和"卖身求荣"差不多。

她说：难道我不是吗？她看我吃惊，就坦然一笑说：走我自己的路，随你说吧。唉，我过的日子我知道，我心里要什么我最懂。你过着蜜样甜的日子，你知道什么，就会张嘴说好听的道理。

桃子的话噎得我半天没吭声。当然最有发言权的还是她自己，我只能对她说出我的看法和建议罢了。

我说：看样子你对那老头很满意？一见钟情似的。

桃子说：你还别说，一见他我的感觉还真不错，觉得挺亲的。

我挖苦她：老人就是能给人亲切感。

桃子并不在意我的挖苦，她自顾自地说，他对我也很满意，说会对我好的，不会欺负我。如果我愿意和他一起生活，就叫我把浴室的工作辞掉,光在家做做家务,还说家里的生活费也交给我,由我管,看样子他对我很信任,对我一点意见也没有,一点也不拿我当乡下人看,是想和我真心好。

我说一见面就接触到过日子,早点了吧,小心他骗你!

桃子哈哈笑着说:骗我,人家骗我什么? 我有钱还是有色。桃子继续对我滔滔不绝:那老头的经济好,有两套房子,一套租出去了,每月收两千块的房租,还有每月一千五百块钱的退休金,两样加起来,三四千块,足够我和他两个人花。看着桃子那高兴劲,真像捡了一个大元宝。

我还是有些担心,对桃子说:你要了解清楚他的健康状况,别有病什么的,那样和他过你就累了,就给他当丫鬟当老妈子使唤吧。

桃子不拿我的话当一回事,嬉笑着说:不像,一点不像有病的样子。我在浴室整天给人搓澡,接触的人多,我能看出来的。老头面色红润,不胖不瘦,体格硬朗,说话声音洪亮,他说他天天早上都去公园打太极拳。

桃子眼里始终闪着笑,迷离的笑容沉浸在对未来生活的向往中。看着她一脸的不谙世事的样子,我不知道该对她说什么。

这时桃子的一句话叫我吃惊不小。她说:老头说如果我同意,下星期我就搬到他家住。

我忙说:你不要听他的,你一定要多长个心眼,多处一段时间,把他的过去、他的家庭了解清楚。

桃子说:我跟他过的是明天,是以后,我了解他的过去干吗?累不累。只要他给我好日子过,我什么都不问。

我说:那你答应他搬过去住。桃子爽快地说:答应了。

我立刻反对说:不行,你不能这么草率,一定要先去民政局办

结婚登记,然后堂堂正正地再搬到他那里住。

桃子笑了,她说:办不办结婚证无所谓,只要他愿意要我养我,我有个归宿就行了。她忽然诡笑地瞅着我,说:其实我还没同那个畜生办离婚呢。

我吓了一跳:你这不是重婚吗?

桃子突然生气了,说:我这叫重婚,那畜生算什么?

我问:那老头知道你没离婚吗?

知道,桃子说:我都跟他讲清了,我说你要有顾虑,你要害怕就拉倒,他说不怕,叫那个人来找我好了。你别说,老头倒还有点男子汉气概呢。

我劝她说,没结婚证你能相信他?你还是先回趟家,把婚离了,再来跟他结婚。

桃子觉得我迂腐,说,结婚证真有那么重要?我跟那畜生倒是有结婚证,可他不照样在外养女人生孩子?

我要同桃子理论,桃子不耐烦了,摆着手对我说:还是那句话,任你说去吧,我走自己的路。以后你再去浴室就见不到我了,我想明天就把浴室的工作辞了,然后收拾一下东西,明天是星期一,后天是星期二,我就搬过去。桃子说得很坚决,看来她是心意已定,劝也是白劝,我也就没再说什么,只在心里默默地为她担心为她祈福。

十几天之后,我再去洗浴中心的时候,一进女浴室的门,看见桃子正坐在椅子上,端着大茶缸,咕嘟咕嘟地喝水。还是一身搓澡工的打扮:大裤衩,大背心,趿拉着塑料拖鞋。我惊得目瞪口呆,还没等我回过神来,她就说:我还没来得及找你呢,我和那老头没成。

怎么回事?我问:那老头变心了?

桃子哈哈笑了,说:不是,那老头一直对我很好,一心想和我结婚。我说:是你变了?桃子说:也不是。桃子突然笑得更响亮了,说:他老婆和他女儿知道他要结婚,就回家来和他闹,他老婆和他女儿把我从他家赶出来了。他老婆和他女儿骂我,骂我没安好心,想霸占老头的财产。

我说:桃子你别笑,好吗?你笑得叫我心疼。桃子当真就不笑了。我说:他前妻骂你,她有什么资格骂你,你就不能骂她?他俩过去是夫妻,现在已经离婚了,井水不犯河水,她凭什么赶你出来!

桃子憋了一会儿没憋住,又哈哈地笑了,然后神秘兮兮地说:实话告诉你,那老头也没离婚!我不知是该哭还是该笑,我的心里说不出的难受。

桃子看我一脸严肃,也认真起来,说:你别生气,我知道你一心为我好,我也仔细地想过了,要想过安稳的日子就得按正路走,要往远看,不能像小孩过家家那样,随随便便凑合,要对自己负责。那老头昨天给我打电话了,他一定要和他老婆离,等他们离了我们就结婚,叫我耐心等他。他说,他不会亏待我,后半辈子好好疼我。

我说:你怎么回答的。

桃子说:我对他说,你放心,我一定等你,我决不再找第二个。桃子忽然想起什么又说:对了,我也打算回家和那个畜生离,回来和那个老头白头偕老!

说着说着桃子又笑了,笑着笑着眼里流出了泪。看着桃子的笑脸我只觉心里酸酸的疼。但面对桃子的笑容,我知道,所有的劝说都是苍白的,我唯一要做的就是给桃子一个笑脸……

我对着桃子笑了起来。

蓝蓝的天上白云飘

文太太正在阳台上浇花。那盆君子兰绿得滴翠,已孕出红黄色的花蕾,花蕾昂昂地举着,像是在举着一个骄傲。文太太明白,那个骄傲里将要开放出朵朵绚烂,让她的日子里充满花香,她白皙的面容不由地绽放出欢喜。

门厅里传来敲门声,声音不大,但很坚定。文太太来到门前,迟疑了一下,她接着打开了门。文太太看到了一张陌生的面孔。门口站着一个十六七岁的小伙子。

文太太上下打量了一下小伙子问:是你敲门?

小伙子点了点头。小伙子长得眉清目秀,甚是俊朗。小伙子说:你好,文太太。接着给文太太鞠了一个躬。

文太太的声音软了下来,说,你好,小伙子,你找谁?

小伙子说,我找你,文太太。

找我?你找我有事吗?

有事。小伙子微笑着说。

可我不认识你啊!

那没关系,小伙子说,我是来给你送东西的,你今天上午在公园椅子上休息的时候,把新买的一件连衣裙丢在椅子上了。

文太太迷惑了,心想,没错,我每天都去公园散步。今天上午是去了公园,是在椅子上坐了一会,可我没买什么连衣裙,根本没丢东西啊,就说,小伙子,我什么也没丢啊!

小伙子说:你再好好想一想。接着他把连衣裙拿了出来,说,夫人,是你丢的,真是你丢的。你看,这件连衣裙,白得这么无瑕,只有你这么高贵典雅的女人才配得上这么纯净的颜色,除了你有谁能配得上?

文太太笑了:小伙子,你太会夸奖人了。虽然这件连衣裙很好看,我也很喜欢,可它真不是我的。不是我的东西再好我也不能要啊!文太太就启发小伙子:我想你是不是看走眼了?或许那个丢裙子的女人,和我长得相像,你错把她当作我了。文太太看小伙子不吱声,就说,这样的事也是常有的,你说是吗?

小伙子想了想,摇了摇头说:没看错,真没看错,就是你的。

文夫人不以为然地笑了,她耐心地对小伙子说,麻烦你再去公园一趟吧,没准那个丢衣服的女人正在那儿找呢!

小伙子说:这事就奇怪了,明明是你丢掉的,你非把它搞得那么复杂,真是难为我,这叫我回去怎么交代呢?

小伙子猛然意识到自己说多了,就说,文太太,你别为难我了,好不好?!

就在这时,文先生下班回家了。文先生是一家广告公司的平面设计人员。文先生有很好的修养和人品,在单位有不错的声誉。

文先生以为这个小伙子是修电脑或来抄水表的,等听完妻子的解释,便哈哈地笑着说,小伙子,你真是好人。人家没丢东西你硬要把她当失主,你真是好人啊!

小伙子说,先生,天上掉馅饼,这样的好事让你太太遇到了,多好的事啊,你就劝劝你夫人收下吧。我该走了,我已经在你们家耽误好长时间了,我还有事呢,我就不打扰你们了,好吗?小伙子不等说完,就把连衣裙放在了门旁的桌子上,急忙退出文家,接着在门外消失了。文太太要急着去追小伙子,被文先生劝住了,文先生说:你看小伙子那么执意要留下这件连衣裙,你再琢磨琢磨他的话,我感觉他话里藏着什么。文先生点了点头说,一定有他的原因。

文太太疑惑了,问:原因?什么原因啊?

文先生说:我也不清楚,不过我想,这里面一定有故事。算了,文先生开心地说:咱现在不讨论这件事了,夫人,你看我给你买了什么?说着文先生从他的包里拿出一只锦绣红缎的首饰盒,文太太立刻兴奋地大叫起来:啊!你给我买了,真的给我买来了,亲爱的!

文先生说:是的,我的夫人,今天是我们结婚三周年纪念日。三年了,我今天才终于有能力买来这只你最爱的钻戒。我真是心里有愧啊!

文太太说:不要这么说啊我的爱人,我和你结合的这三年,每天都是那么甜蜜,每天都在感受着你爱的温暖。我的心也因你的爱在幸福中燃烧。

文先生忽然像想起什么似的说:亲爱的,你猜我刚才在公交车上碰到谁了?

谁啊?文太太问。

马乐。

马乐?他怎么会在公交车上?文太太问:他不是去澳大利亚混了吗?这个讨厌的家伙,整天像阵风似的没着没落!不知他什么时候才能踏踏实实地做事?之后,文太太看着文先生,她发现文先生也在看着她,就对文先生一笑,接着问:他看到你了吗?

文先生说:他好像看见我又好像没看见,他的脸一直望着窗外。我当时想过去同他说话,可是我们之间离得挺远,我想等车到站时,就过去同他说说话,可车一停他就下车了。

文先生忽然想起什么,他点了点头,笑着说:对,是这样。裙子准是他叫那个小伙子送来的。这个家伙准会干出这事来。

文太太也豁然开朗,说:对,是他干的,他准会。这个家伙整天疯疯癫癫的,他什么干不出来?

看夫人这么说,文先生知道,要想彻底收住太太的心,他只有用这个办法了。只有这个办法,他才能让他的文太太成为他永远的太太!

文先生笑着望着文太太说:亲爱的,我有个请求。

文太太说:亲爱的,你尽管说,你说什么我都会答应的。

文先生说:我想明天请马乐来咱家里做客,麻烦你明天为他准备一桌丰盛的晚宴。

文太太有些生气了,说:我不。

文先生说:你是我的夫人,你别这么小气。

文太太问:为什么?你为什么要请他来做客?

文先生看着文太太说:因为马乐他爱你,他心里仍然忘不了你。还因为他是你前夫!还有最主要的一个原因,就是你心里也惦念着他目前的生活状况。

文太太动情地看着文先生,轻轻地摇摇头,她想拒绝文先生的请求,她说,不,不,那样我……说着她把眼睛望向文先生。

文先生看出太太内心的矛盾,说,你是我的太太,我对自己有信心。我相信你,你是一个能拿得起放得下的女人。

文太太说:我真的不想再见他了,真的。

文先生说:做人要大气,别小家子气,好吗?

文太太点了点头。

文先生仿佛看到30年后的情景。他轻轻地把太太拥入怀中

说：你是我永远的太太。我永远相信你！

　　文太太对着文先生使劲地点头，她看见窗外蓝蓝的天上白云飘，仿佛也看到了30年后两人相依相伴的情景。此时她眼里的泪再也止不住了，流了出来，湿了脸。

找啊找，找爱情

　　我拎着菜，打开家门，听见柳春在厨房里说话。见我进门，柳春从厨房走出来对我说：修油烟机的。

　　我便想起方才楼下停着一辆三轮车，车把上的牌子写着：维修家电，上门服务。

　　柳春倒了一杯水回到厨房说：师傅，请喝水。

　　那人低着头在忙活，说：谢谢，不渴，快干完了。

　　柳春说：你的技术真好，干得又快又利索。

　　那人笑着说：小毛病，有个线路断了，接上就是。

　　声音怎么这么熟悉？我走过去，站在厨房门口往里瞅。那人正背对着我在低头拧螺丝，一双粗壮的大手利索而有力。听到动静，他转过脸，就在我们目光相遇的一刹那，我怔了，他也愣了。我稍稍定了定神，刚要开口，他却把脸转过去，有意回避我，我知趣地走开，心神恍惚地跑进卧室。

　　大约过了十分钟，我听到柳春送他出门。那人刚走，柳春突然对我说：快下去，叫住师傅，他的螺丝刀忘记拿了。我忙接过柳春递过来的螺丝刀向楼下跑。他正往三轮车的后箱里放工具。

我气喘吁吁地站到他面前,他看着我,生气地说:一把螺丝刀,值得你跑那么快?跌倒了怎么办?

我顿觉一股暖流涌上心窝。

我说:这么巧,是你。

他说:是啊,这么巧,快两年了,我终于找到了你。没想到,是在你家里。你叫我找你找得好苦。

我低下了头,低声说:那天晚上,你前妻找到我。她对我说,她要和你复婚,为了孩子,一定要和你破镜重圆。她说一个家里如果缺少爸爸或妈妈,对孩子来说,家也就不像家了。她要重新给孩子一个完整的家,不能因为大人的过错,让孩子整日活在痛苦和伤害中。我被她的真诚打动了。第二天我没同你说,悄悄地离开了。反正我是一个从农村出来打工的人,到哪里都是家。

他叹了口气说:原来是这样,原来是这样啊!那时你突然离开我,我四处打听你,可你一点消息也没有。那半年里,我像个病人,我度日如年啊!

他的神情令我心疼和后悔,我为自己的不辞而别深深自责,但我明白,我的心得硬,要不然,我对不起对他妻子的许诺。我岔开了话题问:孩子好吗?

他说:好,是个好孩子,年年都是三好学生。孩子还常常念叨你呢,说想你。

我说:我也想他,也想孩子啊!我问:你们复婚了吗?

他漠然一笑:一棵死了的树,还能起死回生再发新芽吗?

我脸上现出诧异,说:她不是说我只要离开你就同你复婚,并且向我保证了的。

他凄然一笑:她那是故意那样做的,为的是把我整得什么也没有……

我明白了,说:没想到你们最终还是没走到一起,唉!

他笑了笑,说:命啊!真是命。比如你,幸亏你离开了我,否则现在还要跟着我受苦,过穷日子。看看你现在过的日子,华屋美食,一走进你的家像走进宫殿,好阔气。一看你丈夫就是精明强干的人,他一定是哪个大公司的老板吧?

他的话使我突然大笑起来,笑得脸儿像绽开的花朵。我说:我哪有这富贵命,这是人家柳春的家,我是保姆,来伺候他母亲的。

保姆?伺候他母亲?他惊疑地瞪着眼睛。

是啊,他母亲瘫痪,卧床五年了,五年从没离开过卧室,时刻要人伺候。

他问:那你现在还是一人过?

她说:就我这样的老太婆,谁要啊?

他乐了,乐得嘴咧成个大窟窿。他说:好,好啊!老天没有把我忘了,把飞走的鸟儿又还给了我。走,跟我走,咱不给人家当保姆了,还是跟我去当家电维修店的老板娘去!

看着他急咧咧的样子,我心头升起阵阵热浪。

他说:我虽然不能给你大富大贵,可我保证天天叫你过得开心充实。不叫你受一点委屈。

我知道,他说的是真心话。我也清楚,他会给我一个崭新的生活,可我与柳春签的合同,我要伺候他母亲一年。现在已过去半年了,我就对他说:再等我半年,好吗?

他问:为什么?

我说:我同人签合同了。在这一年内,我必须全身心地伺候他母亲。

他说:我就等你半年。

我说:你能等吗?

他对我笑笑:不是两年都过来了吗?

我说:好,半年后你来。

他说:不,我哪里也不去,就在这个小区的门口开个店,专等着你!

我说:那,那样就苦了你!

他说:我怎么是苦呢?有你在,我的日子都是艳阳天!

说着,他深情地看了我一眼,眼里开满了泪花。

那一刻,我的心也酥了。

农妇的麦子

她是一位农妇,儿子是一位做基建的民工,一次隧道施工,不幸发生了塌方事故,儿子被埋在地下。

儿子是她唯一的亲人。丈夫十年前因病去世了。儿子单位来车把她接走了。抱着儿子的骨灰盒她悲痛欲绝,儿子单位的领导十分同情她,说,你有什么困难,尽管提。她看了看领导肥胖的脸,又看了看儿子的骨灰。领导说,别不好意思,尽管说!她咳嗽了一声,又咳嗽了一声。她看见她一咳嗽领导就打一下战。她在心里想,我把这话说出来,领导会笑话我吗?她想,领导是大领导,是不会笑话的。她说:我想赶快回家。她对领导说:现在正是小麦灌浆的季节,我要回去给小麦浇水,不然今年的收成就不好!儿子单位的领导对他的回答很意外。领导以为她在同他们玩心

眼,就问,你还有什么要求吗?她说:没了。领导纳闷地说:怎会没了呢?她说:真的没了。领导说:人是为公死的,这样吧,咱按国家规定,给你五万元的抚恤金。

她一听给这么多的钱,向领导跪下了:谢谢领导。谢谢领导!所有在场的人都没想到事情处理得这么顺利。之后,单位又派出一辆车,把她和儿子的骨灰一起送回家。

农妇的一位亲戚在她下葬完儿子的第三天来看望她。亲戚见到农妇时,她正好从田里刚干完活回来。农妇清瘦的脸很平静,虽然眼睛红肿,但腰杆挺得很直,像秋风中站立的红高粱。

亲戚很惊讶,说:天哪,你还有心去干活?

她说:小麦正灌浆,这个时候不浇水,就耽误了一年的收成。她的回答让亲戚很不理解,当然也很不满意。她很清楚亲戚是怎么想的。她没有解释,只是放下农具,把亲戚让到屋里坐下。亲戚看到饭桌上有个小饭筐,饭筐里满满一筐蒸好的馒头。亲戚皱起了眉头。她说,这是我早晨刚蒸好的馒头,你中午就在这吃吧。亲戚很是生气,他想不通,儿子都不在了,怎么还能吃得下饭?难道你上辈子是饿死鬼托生的?你的心肠怎么这么狠,这么硬呢?

亲戚不由想起多年前的事。那时农妇丈夫刚去世,他来看望她。当时她的儿子还不到十岁,穿着白布缝的孝鞋,在院子的石台上写作业。他来探望她之前,想象着农妇一定是在家里正抱着儿子哭得死去活来。可让他大吃一惊的是出现在他面前的她非常平静。她当时正在给儿子做越冬的棉衣。她说,冬天快到了,她要赶紧给儿子做棉衣,不能冻着儿子。当时也是她主动把他让到屋里坐下,并留他在家吃饭,丝毫没有他预料的那种痛不欲生的惨景。想到这里,他实在忍不住了,嘲讽道:你的胃口真好,丈夫没了,儿子没了,你还能吃得下饭,胃口真好啊!

她听出亲戚的画外音。她虽是农妇,可又不憨,什么听不出来呢?她的泪水就哗啦流下了。之后,她把泪擦了,说:儿子和男人,是我最亲最近的人。是的,他们两人都走了,他们把我的心都带走了。我现在就觉得自己是一个空壳。说起来,我该跟着他们一块走。他们没有了,我活着还有什么意思呢?

亲戚唉了一声,说,你可别这么想,再怎么着,你也要活着。人活着不就是这么一回事吗?

她看了一眼亲戚,长叹了一声说:是啊,人不死就得活着。以前他们在的时候,地里活不让我插手,现在,我不插手不行啊。男人在的时候告诉我,什么重要,粮食最重要。只要活着,人就不能离开粮食。男人在的时候,多次交代我,要好好地种田里的庄稼。男人说,对庄稼好,就是对他好,对孩子好。

亲戚听了心里一惊。她接着说:麦子正是灌浆的时候,还等我及时浇水呢,错过了这季节,就耽误了一年的吃食。麦子是个好孩子,你浇水,你喂肥,它就给你结粮食,就管饱你的肚子。

亲戚的心一动,说,这样吧,你下午在家,我帮你去浇麦子!

她说不,还是她去吧。她对亲戚说,这一回你替我浇了,以后你还能天天帮我干活?你家里还有很多该干的活,早回吧。

她看亲戚对她不放心就说,你放心,人啊,不死就得活着,就得吃饭。吃饭就得有粮食。可粮食从哪里来?从地里啊!

亲戚说,是。

她说,不管怎么着,我得把地种好。把地种好,我才能不饿肚子,才能活好!

亲戚说,对。

看着亲戚的脸,她想对亲戚说:你懂得什么呀?你什么都不懂!可她没有说,只是望着大门外的麦田发呆。

麦田里的麦子,就像她的男人,在温暖地注视着她,就像她调皮的儿子,在风里起伏……

救

不骗你,这个故事是真的。

刘超的妻子在服装厂工作,这几天上中班,一个月有十天是中班。中班下班的时间是午夜,厂里没有班车送,也没同路工友做伴,刘超呢只得去妻子厂门口接她。

说起来妻子的工厂离他家并不算远,骑自行车也就是二十分钟,只是这条路,是条小路,特偏僻,很少有人走。途中还有一片松树林。这片小林子是自生自长起来的,里面长满了乱草。妻子每次走过这片树林时,都浑身起鸡皮疙瘩,紧张得不得了。所以她要求刘超在她上中班的时候一定得接他。好在刘超是长白班,让他天天接就天天接,对他来说又不是多痛苦的事。

刘超往窗外看看,天黑了,又没什么好看的电视,就提前二十分钟走出了家门。

深秋的夜晚,风很刺骨,他不由得把脖子缩进领子里。天气预报说今天有小雨,可是一整天也没下一滴,夜色很厚,厚得像床棉被。

刘超慢慢地骑着自行车。今天反正早出来了二十分钟,不要像往常那么急。前面就是松树林了,松树林里黑黑的,出门的时候,刘超忘了拿手电,他只好硬着头皮往前走。每次刘超走这片树林的时候,头皮都有点发麻。但他自己壮自己的胆,这个世界没鬼的,都是自己吓自己。虽是这么说,每次经过的时候他心里都紧张得不得了。天晴的时候还不怕,特别阴天的时候,有点怕。今天是阴天,走进松树林的时候,刘超的心就提起来了。他想,这段路不长,五分钟就走完了。

松树林里风呼呼地叫,刘超忽然听到树林深处传出奇怪的动静,这动静在死寂阴沉的午夜不禁令刘超脊梁骨冒冷汗。一阵不祥的预感向他袭来,他拼命蹬脚踏,想赶紧走过小树林,可不知为什么,却停下自行车,他想知道究竟发生了什么事。

他微微镇静一下,使劲捋了捋头发,听上岁数的人说,发为人之梢,是人放灵光的地方,人只要放了灵光,神鬼都不敢上的。刘超睁大眼睛往发出动静的地方张望,可除了黑黑的一片,什么也看不清。但刘超的耳朵听见了:他听到一个女子奋力挣扎的喘息声和从喉咙积压发出的十分微弱的呼叫声,间或还有一个男人发出的凶狠的恐吓声!刘超一惊,心脏差一点跳出来,他明白眼前发生了什么事。

我该怎么办呢?他手握车把,在想:对方是一个人还是几个人,他们有没有凶器?如果有凶器,我不是以卵击石吗?他担忧起了自己的安危。他忽又一想,打110吧?也不行,等警察来了,一切都晚了。是呀,这女子的命运就在我的手里,我若及时地助她一臂之力,或许因此会改变她的命运。如果我想得过多,时间耽误了,错过了救助的时机……不行,遇到这种事,我光考虑自己的安危,那我还是人吗?假如被欺凌的女人是自己的姐妹,自己这样袖手旁观,良心能安吗?一股新的力量在他心中迅速生起,尽管他仍然担心害怕,但他灵机一动,丢下自行车,在路边摸了两块砖头,朝着那林子飞也似的冲过去,边跑边大声喊:抓流氓呀,抓流氓啊！张哥,五哥,你们快来,别叫流氓跑了呀!

一听到刘超的喊声那流氓便仓皇而逃。刘超没有去追,他望着歹徒消失的地方,长长地出了一口气。

被欺负的女子蹲在黑暗处,在不停地发抖和哭泣。刘超想上前把黑暗中的女子扶起来,可又怕女子不信任他,再次受到惊吓,便与女子保持着一段距离。他对女子轻轻地说:不用怕了,你现在安全了,快回家吧。

女子没有反应。

要不我送你回家？刘超问。

女子仍蹲在原地,只是低泣变成哭泣了。他想这女子一定是被吓坏了,他又试着向她走近些,这时女子突然站起身来扑到他怀里,牢牢将他抱住,大哭起来。

啊！他惊诧地叫了一声,这个女子竟是自己的妻子!

原来妻子工厂停电,工人无法做工,妻子想,天还不算晚,离家也不远,别等丈夫来接她了,自己就先回了。没想到竟遇上歹徒。多亏刘超出手相救,歹徒才没有得逞。

一阵怜惜之情潮水般涌上来,刘超把妻子紧紧拥在怀里,似有一种失而复得的珍贵。

我亲爱的朋友,当你遇到这种事的时候,请赶快跑上去,也许你救下的恰是你的幸福!

救 援

　　武警救援队长岳峰和他的队员们,牵着搜救犬,端着生命探测仪,在一座倒塌的学校废墟上,搜索着幸存者。

　　本来那天很好,和往常一样,人们该干什么干什么,动物们也没啥异常,一切都很安宁。事先一点预兆也没有,一点也没有。然而大地震却在瞬间发生了……这个原本默默无闻的小地方,立刻成了灾难的中心……正在上课的孩子们,还没明白是怎么一回事,教学楼就倒塌了,老师、孩子们连同座椅板凳一起被压在了下面……

　　看着惨不忍睹的景象,岳峰强忍着泪水,他告诫搜救队员们,一定要争分夺秒,要与时间赛跑。搜救队员就是生命的希望,就是百姓的希望。那些压在废墟里的孩子,都是还没来得及开放的花朵啊。说到这儿,岳峰的泪已流了满脸。

　　搜救现场外,站着一群人,大部分是孩子的爹娘。孩子是他们的心头肉,孩子活着他们才能真正地活着,孩子是他们的命啊!那一双双焦急的目光,在眼巴巴地期盼着救援队员能快点从废墟下救出他们的孩子啊!

　　不远处,停着一辆白色的救护车,一旦有人从废墟里救出,救护车就会响起撼天的长鸣。如今,这刺耳的鸣叫,却成了这个世界上最美妙的声音。

　　今天是震后的第三天了。岳峰的心在流血,汩汩地流。从昨

天到今天再也没有搜索到一丝生命的迹象。那么多孩子都去了哪里……他不敢想下去,他在心里默默为孩子们祈祷。

岳峰和队员们牵着搜救犬,端着生命探测仪,在废墟上来来回回不留一个死角拉网式地搜查,仍没发现任何生命迹象。搜救犬和探测仪,都没有发出任何嗅觉信息和生命信息。队员们又采用敲击的方法,对着每一块预制板下的洞洞喊:有人吗?我们来救你们了,有人吗?……预制板下的洞洞里,只发出扩音器般空空的回声……

这时,岳峰的手机响了,是上级的电话,命令他的救援队立刻放弃搜索,撤离现场,迅速转移到另一个受灾现场实施救援。岳峰回答说:是,立即执行!

岳峰嘴上回答立即执行,可心里不忍啊!

这命令,岳峰早预料到了。两天来的搜索没发现任何生命迹象,对搜救生命的希望,他已不再抱有幻想,放弃已势在必行。因为,灾区救援队的资源异常宝贵,每一秒每一分的时间,都会有生命奇迹出现,任何人都耽误不起啊!

岳峰望了望站在不远处始终不愿离开的人们,眉头拧成一个疙瘩,他凝重的神情叫人透不过气来,他心里压着一座山啊!是啊,宣布搜救结束,全体搜救人员撤离,就意味着:这个废墟下面再无活人。那些孩子的父母,会随着这个命令,掉进万丈深渊,这致命的打击,他们怎能承受得了呢!

岳峰呆呆地站着,心里在滴血。他的目光落在了一堆用秃的铁锹上——这都是战士们刨挖用坏的。不能在这里耽误了!岳峰咬了咬牙,把心一横,大声说:准备撤离现场。

话音刚落,一个中年女人突然从人群里朝岳峰冲过来。她嘶哑的声音喊道:不能走,你们不能走!我的儿子还在下面!她的嗓子嘶哑得几乎失声:我的孩子就在这下面,我觉得他还活着,真的,我的孩子活着啊。那女人说:我的孩子托梦给我,说他躺在废墟里特别想我,他在喊疼……女人嘶哑的哭声打动了所有在场的救援人员,队员的泪顺着口罩直往下流。

岳峰带着歉意对女人说:大姐,我们不是回去休息的,是去另一个现场施救。

女人突然跪下了,他拽着岳峰的衣角痛哭着说:我的孩子就在这里,他真的活着!呜呜,你们不能走,不能撤,救救他吧,求求你们了!岳峰弯下腰扶起女人说:大姐,我们救援队是奉命要求离开的,你快站起来吧。

谁也没有想到,当女人猛然站起的瞬间,突然照着岳峰的脸上重重打了一巴掌,她瞪着发红的眼睛吼道:你们不能走!你们不能走!你们要救我的孩子,救我的宝贝啊……女人哭着喊着,挥起拳头又要打岳峰。一个年轻的救援队员立刻走过来,用身体挡住岳峰,对失去理智的女人说:大姐,请你不要打我们的队长,你不能这样对他,他已经三天三夜没合眼了,队长一人救出了十几个孩子啊!

女人看也不看救援队员,她弯腰从废墟上拿过一把铁锹,愤怒地在空中挥舞:我不管那么多,你们若不救我的儿子,我就和你们拼命。岳峰被打愣了,回过神后,他定定地看着女人手里的铁锹。岳峰没有躲闪,他缓缓地走到女人身边,深情地说:大姐,如果你的痛能减轻一点点,你就打吧;如果我的命能换回孩子的命,你就拿去吧。

女人拿锹的手在颤抖,女人的心在颤抖。她看着眼前这个浑身上下灰尘的汉子心软了。

岳峰说:大姐,我们都痛啊,我们心里都在流血。灾难面前我们都是不幸的人啊！可我们要坚强,要振作啊,因为,我们还要活下去啊……

此时的岳峰再也控制不住自己了,他突然放声大哭:大姐,我也不想离开啊,我的儿子也在下面,他才只有十五岁啊！……

温暖的芬芳

淑芳是立春雇来的保姆。自从淑芳来到后,老是蹙眉的立春,终于像花一样绽开了笑容,她不再为没人照看宝宝犯愁了。

立春的丈夫是个电力工程师,去年被公司派往非洲,去指导修建一座发电厂,撇下了立春与刚满一岁半的儿子。

淑芳手脚勤快,煮饭、炒菜、洗衣、抹地、看孩子,事事办得妥帖。立春看到淑芳如此能干,觉得自己是负重的车,终于到站了。

那晚,已近午夜,立春揉着发涩的眼睛,走出书房想要去卧室休息。路过淑芳的房门时,听见淑芳在抽泣。抽泣声窝在嗓子眼里,很低。立春停下脚步,淑芳的房门没关实,闪着一条缝,顺着门缝看,淑芳穿着睡衣,趴在被子上,不用说,泪肯定湿了脸。立春想,出了什么事？淑芳姐这么伤心。她轻轻推开门,淑芳听是立春来了,忙坐起,擦泪。

立春坐到淑芳的床边问:怎么了,淑芳姐？病了？

淑芳翘翘嘴角,笑了笑说:没,没有。

出了什么事？立春问:能告诉我吗？

听立春这么问,淑芳的泪哗地涌出眼窝,她用手捶打着自己的头说：我真没用，真是该死！

立春拉住淑芳的手问，怎么回事？

淑芳说：我把你昨天刚给我的工资全丢了。

立春问：一千块都丢了？

淑芳点点头，又用手捶打自己的脑袋说：我真没用，钱全丢了！

立春忙又拉住淑芳的手问：怎么丢的？

淑芳说：今天下午，我抱着宝宝到银行，想把这一千块钱存到我男人的账户上。到了银行，一掏口袋，什么都没有。我掏遍全身的口袋，也没找到钱。

立春替淑芳心疼，问：银行里是不是有小偷？被偷了？

淑芳说：当时银行的人很多，我也以为是被偷了。银行的大堂经理带我去看了监控录像，从我进银行门，到发现丢钱，都看得清清楚楚，没人偷。根本不是在银行丢的。

也许丢路上了。立春安慰着淑芳。

淑芳说：不会的，怎么会丢路上？从家到银行总共就五分钟的路。

怎么没可能？一准丢路上了。立春说：你抱着宝宝，他在你怀里搓来揉去的，没准给你弄丢了。

淑芳忙摇头，把话说得很肯定：不会的，我衣服的口袋深，我还在口袋上钉了暗扣，暗扣没开呢，绝对不会丢在路上的。

立春就纳闷了，说：那就蹊跷了，难道钱长了腿？

淑芳说：是啊，我脑子想得都要炸了，就是怎么也想不起钱咋丢的，丢在哪儿了。

立春也沉默了，看着淑芳的脸，不知怎么劝才好。

淑芳睫毛上沾着泪水，痛苦使淑芳的心沉重到了极点，凄婉

的神情令立春心疼。立春就安慰:淑芳姐,丢就丢了吧,破财消灾。想开些,钱财是身外之物,身体重要啊!淑芳说:劝人劝不了心啊,你不知道我的苦啊。立春说:我怎么会不知道你?我也是女人。我出差两天就想孩子,想得心里猫抓似的,你一出来就几年,不在孩子身边,那心是什么样,我全知道啊。你来离家几百里路的地方打工,不就是为这每月一千块钱吗!

淑芳说:你还有不知道的啊。

立春问:还有什么?

淑芳说:我男人前几年中风了,半个身子瘫痪,常年卧床,我挣的钱全给他治病了啊!

立春愕然了,说:你从没对我说过这些啊!

对你说,我怕给你添乱,怕你对我过多照顾啊。淑芳唉地叹了口气说:你也有你的难处。

你错了,淑芳,话是开心的钥匙,你给我说说你的心事,你心里就会轻松些,比闷在心里好受啊。立春问:谁在家照顾你丈夫呢?

淑芳说:我婆婆。我出来后,就把婆婆接到我家,替我伺候丈夫和孩子。

立春叹了口气,劝淑芳:钱丢了就丢了吧,你别搁心里放不下。我再给你一千块,先给家里寄去,别叫家里人急。

淑芳忙摇头说:那怎么行?

立春说:这样好吗,等你手头有钱了再还我,要是没钱,就算了。

谢谢立春妹妹!淑芳的眼泪夺眶而出:你的负担也不轻啊。两个老人家身体不好,你每月都要给他们花费;宝宝还小,光奶粉钱就好几百;你还要还房贷、车贷什么的。你的债比我还重,我哪能再增加你的负担？我不借,更不能白要。能遇上你这样的主家是我的福,你能这样体谅我,我就知足了。

你进了这个家门,咱就是一家人,这是咱的缘分。你怎么把我当外人！立春说得动了感情:你来了快一年了,我这个家的吃喝拉撒,都是你在做。我先生不在家,你就成了我的主心骨,你替我顶起了这个家一半的天,我该谢谢的是你啊！

淑芳说:我做的都是我的分内事,干的都是我应该干的活,并且,我不是白干的,你给我报酬的啊！

淑芳姐,我给你的那点钱哪有你付出的多啊！立春的神情是真诚的、恳切的,发自内心的。淑芳自己在内心里交代自己:决不能再要立春的钱,那样,她成什么人了？她自己都看不起自己了。咱虽然是从乡村出来的,人穷,可志气却不穷！她就委婉地对立春说:我觉得钱丢得怪,我再好好想想,想想到底丢哪儿啦。如果要是实在找不到,我再借,好吗？

看着淑芳渐渐平静,立春不好再坚持了,就抚摸了一下她的肩头说:好吧。然后她离开了淑芳的房间。

第二天早上,立春发现:淑芳变了样,面带倦容,一脸憔悴,与往日的精神大不相同。立春知道,淑芳肯定一夜没合眼。可在她面前,淑芳还是像往常那样勤劳地操持家务活。

淑芳勤快,爱干净,像《朱子家训》里说的那样:每天黎明即起,洒扫庭除,要内外整洁。她每天始终如一,老早起床,把稀饭熬得香气四溢,接着给立春准备好上班要带的午餐。因为立春中午只有一个小时的就餐时间。为了让立春吃得放心可口,淑芳都是做好让立春带着上班。

早饭做好了,淑芳把饭盛好放在桌上凉着,立春漱洗打扮完,饭正好不冷不热,走出漱洗间坐下就吃。这节省了立春很多时间,吃完开车去上班,这样立春在上班的路上就很从容,哪怕遇到堵车也不紧张。就在淑芳在厨房里准备早点的时候,立春偷偷去了一趟淑芳的房间。立春看到淑芳的枕巾湿湿的。淑芳准是哭了一夜。想到这里,立春心里发酸……

立春吃早点的时候,淑芳没和往常一样和她一块吃,而是开始侍弄宝宝了,给宝宝穿衣,喂饭。等宝宝吃饱了,撒欢地在屋子里玩耍,淑芳才觉得饿。她趁空吃了一点饭,可饭一进肚子,她就感觉自己饱了。

这天晚上,立春下班回家,刚进家门,淑芳高兴地迎了上来说:钱找到了,立春妹妹,钱没丢。淑芳手里举着钱,给立春看。要不是宝宝在她怀里抱着,她早高兴得跳起来了。

立春说:是吗?太好了,那太好了!快说说是怎么找到的?

淑芳笑着低下了头说:立春妹妹,你不会笑话吧,我这么一惊一乍的,真是没脑子!

立春说:我高兴还来不及呢,怎么笑话你呢!

淑芳说:我是在我枕头底下找到的,我明明记得装在褂子口袋的呀!

立春哦了一声算是知道了,她向淑芳解释,人的记忆有时这么怪,明明记得是这样,结果却那样,岁数一大,就记错事,这是很正常的生理现象。

淑芳说:你不知道呀,丢钱的那时,我的心都碎了,寻死的心都有!我那躺在床上的男人,正眼巴巴地等着我这钱买药打针呢。

立春说:好人自有天助。淑芳姐,你是个好人,你不会总过这苦日子的。你丈夫会好起来,你的好日子马上就会来了。

淑芳说:是的,我一直认定我的男人能站起来。我对他说,咱不信大夫的,咱信命。命在咱手里,咱自己当家做主。我去城里挣钱,你就一门心思地在家治病。等你的病好了,我就回来,咱一家三口就又团圆了。

立春说:你看看你们农民现在的日子多好:种地不交税,还给农药、种子补贴;有新农合,看病能报销;到了六十岁,国家还发养老金。淑芳高兴地说:是啊,我们农民的日子真是越过越好,这都得感谢国家的好政策呢!

立春转了话题:今天高兴,钱失而复得,我来看宝宝,你去弄几个好菜,咱俩喝上两杯,庆贺庆贺!

淑芳仿佛沐浴在阳光里。她对立春的建议,心存谢意。她把宝宝交给立春抱,宝宝却搂着淑芳的脖子不放,立春强抱过去。

晚上,宝宝睡了。立春像往常一样在书房里看书。淑芳轻轻推开书房的门,进来了。立春从淑芳游移的眼神里知道有事,指了指一旁的椅子让淑芳坐下,问:淑芳姐,有事?

淑芳吞吞吐吐地说:我想请几天假,回一趟老家。孩子他爸的病好多了,能下地走动了。给我打电话来说他和孩子都想我,想叫我回家看看。

立春听了脸上露出开心的微笑,说:好啊,太好啊!祝福你,淑芳姐,你家大哥的病就快好了。立春接着说:回去陪陪他们吧,你也快一年没回了。我知道,你也想他们啊!假,我准了!

可淑芳却心事重重。立春问:难道你有什么需要我帮忙的吗?你尽管说,只要我能帮上的,没问题!

淑芳说:我走了,宝宝怎么办,我一百个不放心啊。还有你,工作那么忙,在单位上忙完,晚上还得回家写东西,生活上没人照顾,回家连个热汤热饭也没有,那身子多受累啊!

立春从沙发椅子上站起,眼里盈满了泪:谢谢淑芳姐,谢谢你处处为我着想,为宝宝着想。然后她握住淑芳的手说:你尽管放心地回去,别牵挂。我明天就给宝宝奶奶打电话,叫她来。宝宝是她孙子,她能不用心照看?我是她儿媳妇,她也会心疼我,会帮我照顾好这个家的,你就轻轻松松、安安心心回家团聚吧。等把家里安顿好,没后顾之忧了,再回来。好吗?

淑芳说:谁来看宝宝我都不放心,他啥时起床,啥时睡觉,吃什么,就我清楚,交给谁我都不放心!

立春说:你就别那么不放心了,你不是还回来吗?

淑芳深情地说:你是好人,遇上你这样的人家是我的福气,我一辈子也不会忘。立春妹妹,你放心,无论老家怎么需要我,我也要回来。我知道,你现在最需要我,我要把宝宝看到懂事,不像现在这么缠手了,能上幼儿园了,那时宝宝的爸爸也从国外回家来了,我才能走。我心疼你,我不想叫你一个人受苦。淑芳说着从口袋掏出一千块钱,看着立春,眼泪在眼眶里晃荡:立春妹妹,这钱是你的,我知道,枕头下的钱是你藏的,你是怕我难过。

立春的脸顿时红了,像被戳穿谎言的孩子,可立春还是装作很镇定,说:就是你的,不是我放的。

立春妹妹,别骗我了。淑芳说:今天我收拾衣服,拿出那件你给我买的红褂子,想洗干净带回老家穿。一摸口袋,心里咯噔一下,我摸出了那一千块钱。我猛然想起,那天去银行存钱,本打算穿这件红褂子去的,我就把钱装在这个褂子口袋里了。宝宝看出我要上街,高兴地缠着我要抱。我慌得抱孩子了,忘了换红褂子,还是穿着原来那件就抱着宝宝出门了。淑芳说,谢谢立春妹妹,你的钱还给你。

立春没有接钱,说:淑芳姐,这钱你就算是我给你的路费,好不好?剩下的再给你丈夫买点营养品,给孩子买点吃的,就算我的一点心意!

淑芳摇了摇头说:这钱无论如何我不能要,立春妹妹,你有你的用处。

立春说:这钱是单位给我的奖金,没有你照顾这个家,我哪能干得那么出色,这个奖金应该归你啊! 立春真诚的神情,让淑芳无法推托,最后只好收下了!

淑芳要回家了。立春开车把她送到火车站,并给她买好了车票。回家后,立春就给婆婆打电话,可她拿起电话时,发现在电话机下压着一千元,里面有张纸条,上面写道:

立春妹妹:你的心意我领了。这个钱我不能拿。谢谢! 淑芳。

看着纸条和钱,立春说不出的感动,她眼里浮现出淑芳的笑容。

立春给婆婆打了电话,可令立春始料不及的是:公公身体不好,婆婆不光不能来照看宝宝了,还让立春隔三岔五去照看一下公公;立春只好向单位请假。单位现在正是最忙的时候,经理不准,说,过了这个月,你想歇几天就歇几天,现在不行。宝宝还一个劲地哭着向她要淑芳阿姨。正当立春急得焦头烂额时,门被敲响了。

立春忙去开门,是淑芳!

立春愣了问,你怎么没走?车晚点还是怎么了?

淑芳摇了摇头说:我决定不走了! 票,我已经退了! 说着,把随身带的包裹和东西提进了家门。看着如坠云雾的立春,淑芳解开谜团:我知道,每年的这个时候,都是你单位最忙的时候,我不能在这个时候离开你!

立春说:可孩子和你丈夫在热切地盼着你回去呢!

淑芳说:我丈夫现在已经能走了。我想同你商量一下,我不回去,我想让我丈夫带着孩子来这里。这样呢,我既不用回去,又能见到丈夫和孩子了,他们也能出来见见世面。你说这样,可以吗?

立春说:怎么不可以啊,完全可以!你马上给他们打电话,让他们快点来就是!

淑芳说:立春妹妹,我想把楼下的储藏间收拾一下,让他们爷俩住,好吗?

李春说:怎么能让他爷俩住储藏间?你把宝宝的房间收拾一下,让他爷俩住!

淑芳听了,眼里的泪再也止不住了,连声说:谢谢你,妹妹!谢谢你,妹妹!

立春说:淑芳姐,咱们是一家人,不要言谢。如要说谢,该说谢的也应该是我啊。

两人的手紧紧地握在一起!

此时,窗台上的栀子花开得正浓,醉人的香随风飘荡,俩人都沐浴在沁人的芳香里。

那是温暖的芬芳!

夜色温柔

街上的路灯亮了,街道两旁店铺的霓虹灯也闪烁起来。如流的行人在灯影里往来不断。高阳迈着一双长腿走出公司大门,一天的工作总算画上了句号,这是他一天中心情最轻松的时候。他不喜欢司机送他回家,安步当车漫步在这条商业化气氛很浓的小街上他觉得挺自在。高阳走路的姿势很好看,两肩平稳,上身挺直,两条长腿从容稳健。走得好好的,突然崴了脚,脚脖子一阵疼痛,他轻轻地叫了一声,立刻蹲下身来。

  脚崴了吗?疼得厉害吗?他抬起头,发现一个女人站在她面前,这个女人长得十分漂亮,一双关切的眼睛正盯着他。

  他忙站起身来,对女人说,谢谢。

  女人看着他崴的那只脚,用温和的声调说,需要我帮助你吗?

  哦,不,我能行,谢谢。面对这个突然不知从哪里冒出的又漂亮又善解人意的女人,他有点不知所措。

  女人走了。他望着女人远去的身影,心头恍然生出些许对女人的抚爱和一种意犹未尽的失落感。他有一点后悔,为什么不把她留住,和她多聊一会,或者让她扶着走一段路。他觉得自己的这种想法有点好笑,轻轻地甩了甩头。他稍稍活动了一下脚,感觉比刚才好多了,尽管有点疼痛。他想起街前面有一家咖啡馆,不如先去那里坐坐,喝杯咖啡,停一会儿再回家。

  咖啡馆设在街心边,不算十分高档,却很优雅。幽静的灯光散发着橘黄色的光晕,低沉舒缓的轻音乐似有若无,使人恍若置身在遥远的梦境。高阳走进咖啡馆,站在门口向里张望,想找个合适的位置。当他的目光移到靠窗边的那张小桌时,他的心忽然猛地一跳,他看到了刚才那个女人,她若有所思地正用小勺轻轻搅动面前的一杯奶茶。灯光照美人,在光晕下她显得那么优雅高贵,颀长的脖颈,白皙的面容,只是表情带着淡淡的忧伤。真是巧合,会在此邂逅。显然女人也看到了他,女人微微一愣,然后嘴角露出一丝得体的笑意。高阳对女人笑着走过去,看着女人对面的

空位子,他故作几分儒雅地问,我可以坐这儿吗?

女人对他微微地点头,可以。

服务员给他送来一杯咖啡,摆在他面前,他看着女人礼貌地问,你还需要加点什么吗?

女人的嘴角泛着一丝微笑,用一种平稳的调子说,不,谢谢。

当高阳定下神来,舒服地喝了一口咖啡后,他又一次感到了这个女人不同寻常的气质。他用眼角偷偷地扫了女人一眼,心想,有一个像她这样品位的女人做情人生活该多美。情人,是呵,他真想遇到一位像她这样的女人,尽管他还不了解这个女人的来历。其实他和妻子的感情一向不坏,但也说不上很好。因为妻子一向都是那样不远不近、不冷不热地待他,似乎她天生就是这种性格。当初他追她,就是看上她对自己的这种不在意,各行其是互不打扰。但结婚以后高阳就总觉得少了点什么,心底常常生出一种莫名的期待。期待什么,期待一次外遇?期待一个心仪的女人?他也说不清。虽然他才不盖世,貌不惊人,但对女人却比较挑剔。在一次高朋满座的酒宴上,他认识了一个绝色美人,就像今晚这样,只一眼他就爱上了她,同样他也看出了她的内心,之后他主动与她交往,没过多久,他却又避开了她。因为他实在受不了那美人说话的声音,他总觉得她的声音像猫腔,他想如果猫会说人话,准就是她那种腔调。想到今晚,他觉得挺奇怪,他走路从没崴过脚,几乎天天都从这家咖啡馆门前走过也从没想进来过,今天就怎么这么巧,莫名其妙地崴了脚,又偏偏想来这里坐坐。莫非自己和这女人有缘,难道就要发生期待已久的艳遇?想到这里,他觉得心跳得厉害,浑身血脉贲张,有些不能自已。但女人和悦的目光里又分明透着一种威严,使他不感轻易造次。高阳挺了挺宽厚的腰板,瞄了瞄咖啡厅,他发现来这里坐的女人都很漂亮,而她们身旁的男人大都一般。他们热烈的低语和着轻轻的音乐犹如波浪似高还低,似有还无。高阳想,他们之间都是怎样的一种关系呢?情人、爱人还是朋友?像,又都不像。不过他和这个女人这么面对面地坐着,在外人看来,倒还真像一对情侣。想到这里,他仰起脸展开一个笑容对女人说,如此邂逅,真没想到。

女人笑笑,低声问,脚好了吗?

他说,好了,谢谢你,他端起面前的杯子。

她也端起了杯子。

真诚地谢谢你。他碰了一下她的杯子。

她说,我并没有为你做什么。

他说,你一句关切的问候,立刻让我的疼痛好了一半。高阳忽然觉得自己的话太过殷勤,怕引起对方的反感忙说,哦,对不起,我的话没有冒犯你吧。

女人笑了,说,我不介意。我很喜欢和人聊天,特别是能和你这样风度翩翩的男士在一起,我觉得很高兴。我的话也没有冒犯你吧。

高阳一副开朗快乐的样子,说,不会,不会。我很幸运有如此邂逅,能跟你这样漂亮的女人在一起,我同样很高兴。

女人说,看不出你这么会说话,谢谢你的恭维。

他用了一种很能让女人动心的温存的语调问,你常来这里吗?一个人?

她说,是的,常来,一个人。

你爱人呢,他想问她又觉得不妥,便改口道,像你这样美貌的女人身后应该跟一个保镖。

女人没有立刻说话,停了一会儿说,是的,女人都希望有个人来保护她,但是每个女人并不都这么幸运。她的声调很轻,轻得

像是自言自语。

高阳不由得看了她一眼,发现她的眼里漫上一层忧伤。

女人说,我喜欢到这里来,有时候真不知道该怎么打发自己的寂寞、孤独、无助。我喜欢这到这里来,这里能使我的身心平静安详,让我觉得对世界有所依恋。你看这里多好啊,有音乐有咖啡,有这么多谈情说爱的人陪着我回忆抹不去的往事,还有,她对他一个惑人的媚笑,能幸遇你这样英俊的男子。

高阳忽然有点不知所措,他不明白为什么她跟他讲这些,那一笑似乎又在向他卖弄风情,但看她的风度并不像是一个风尘女子。她是一个怎样的女人?又有怎样的来历?

又像刚才那样,没容得他多想,女子又猛地问他,一个女人不可以单独到这里来吗?

不,高阳被她突兀的这句话问得有些发慌,忙说,你是个新潮的女子,当然另当别论。可能我的思想老一点,我认为女人常出入这种地方,容易被别人误解。

误解?她冷冷一笑说,那么男人为什么就能随便呢?男人总是喜欢用男权社会的道德标准来评判女人,把不平等的东西压在女人头上,可男人自己又是怎么做的呢?自以为他们为家庭为孩子做出了贡献做出了牺牲,就随心所欲地去风流,而女人们就活该被欺骗。女人太软弱,怕没有了家,怕经不起折腾,当发现自己的丈夫有外遇的时候,捂着受伤的心,还要装作不知道,用百倍的温柔忍耐,来挽住男人的心。其实女人为家庭为丈夫做出的牺牲更大,甚至牺牲自己的一辈子来扶植丈夫完成大业,奉献出自己的一颗心来抚育子女,可男人并不把你的牺牲你的奉献放在眼里。女人太傻,什么夫贵妻荣,什么成功男人后面的女人,为什么不懂得在为男人牺牲的同时也为自己耕耘一片天地呢?那样一旦悲剧袭来，家庭才不至于像今天这样支离破碎呵……

高阳像一个小学生，静静地听着她流水般平稳而又略带忧伤的陈述，他忘记了这是在咖啡馆，忘记了低沉的音乐，忘记了窗外的行人。他想如果面前坐的是他的妻子，他会这么听下去吗？妻子那不冷不热的面孔下，是否也藏着一颗忧伤的心。令他琢磨不透的是，他与她萍水相逢，为什么她要对他讲这些？她的话似乎有所指，那么在她光鲜的外表下莫非是一颗破碎的心？那我该怎么对她呢？安慰她吗？当高阳还没想清楚怎么做好时，他蓦然一惊，她流泪了，她用一张纸巾在脸上擦。

他最怕见女人流泪，忙说，你不要伤心，如果你愿意，我常来陪你。话一出口他有点害怕了，他想，男人冲动的时候什么话都敢说。

可是当女人转过脸看他时，他心里的热血唰地凉下来。女人眼里露出一种冷得令人发憷的锐气，高阳迅速感到了一种奇怪的震慑力，他下意识地动了动椅子。女人以为他要走，立刻又绽出一副暧昧的笑意说，再陪我一会儿可以吧？

高阳本来想再坐一会儿，女人的挽留，使他走得更快了。

他走到吧台前，掏出钞票，对刚才那位高挑的女服务员说，那位女士的也买单。

服务小姐问他，你是她的朋友吗？

高阳不耐烦地说，这也是你的服务范围吗？

小姐抱歉地一笑说，她的精神不太好，这里有她的账单，她的先生每月给她付一次钱。

高阳愣住了，当他回过头来，那女人已经不见了，位子空了，只有两只咖啡杯静静地摆放在桌上。

做梦的女孩

男孩常去图书馆看书,女孩也常去,时间久了他们便认识了。

不知从什么时候起,女孩悄悄地爱上了男孩。她的心,她的梦,都被男孩满满地占了。

一次母亲见女孩又独自埋在沙发里出神,湿润的目光充满梦幻般的光泽,就问她,那男孩姓什么?干什么?

女孩娇嗔地瞥了母亲一眼,羞答答地躲进自己的卧室。

是啊,姓什么,干什么,彼此都不知道。她们在一起只是谈书议书,并未有过感情上的交流,或许还只是一种默契吧。不过,女孩想,她一定要尽快地把心中的秘密告诉他,不然相思太苦了。他会同意吗?

会的。这一点她很自信。

晚上,女孩早早地来到图书馆,坐在男孩常坐的那个位子的对面等他。等了许久,男孩没有来。又等了许久,仍不见他的影子。女孩想了一千种可能,一千种原因,越想心里越乱,后来干脆离开了图书馆。

女孩默默地走在回家的路上,月光把她的影子拉得好长好长。一对男女与她擦肩而过,那女子挽着男子的手。突然女孩惊诧了:那被挽着的男子,正是日夜萦绕在她心中的他!

女孩的心猛地痉挛起来,四肢几乎瘫软下去。

女孩躺下了,茶饭不思。母亲心疼地守着她,焦急而又无奈。

孩子,你是怎么了?你怎么不说话啊?看着妈妈的焦急,女孩哇地哭了……

妈妈用手拍着女孩,说,哭吧,哭吧,哭出来心里就好受些。

女孩就大声地哭,哭得很伤心。

后来,女孩又笑了……

这天,女孩从床上起来了,像大病了一场,站在阳台上,沐浴着早晨灿烂的阳光,觉得浑身轻松了许多。女孩回过头,看着因陪伴她而脸色憔悴的母亲,歉疚地说:"妈,我做了一个梦。梦醒了,觉得自己也长大了。"

母亲惊喜地望着女孩,才发现,女儿真的长大了。

母亲的眼里就有莹莹的泪光在闪动。

渴 望

她从工学院分到这里工作的第一天,他就在心里说:这是个很有品位的女人。

的确,她优雅高贵,气度不凡,丰满的唇型流露着女人独有的妩媚。

在他的眼里,她像一块玉,接触时间越长越觉得美,美得摄人心魄。

渐渐地,特别是最近一段时间,他不知道自己的世界怎么变得这样简单,简单到只有她一个人;有时又非常复杂,复杂得千头万绪,叫人烦透。他常常回到家后就把自己一个人关在书房里,

半天不对妻子说一句话,搞得生性柔弱的妻子莫名其妙,诚惶诚恐。他被无名的困顿缠绕着,但困顿中又飘忽着一种迷离不清的渴望。

有一天下班后,见她离开办公室,他跟在后面,赶上她。

"回家吗?"

她莞尔一笑,笑他明知故问。

"当然。你去哪里?"

"哦,我能不能送你回家?"他的眼睛并不看她,从夹克衫的斜兜里掏出一支烟。

她扫了他一眼,礼貌地说:"谢谢,不用了。"

"那好,让我陪你走走吧。"他仍然那么淡定。

对他这份固执的热心,她并没有感到多么惊慌和意外,他那双会说话的眼睛早已告诉她,迟早会有这一天,只不过没想到是现在。

她看了一眼走在身旁的他,忽然一阵心旌摇曳,脸上不由得映出一片红晕。

他高大魁梧,仪表堂堂,属于阳刚型的知识分子。她尤其敬佩他出类拔萃的才华。她不久前看到他在全国有影响的一家学术杂志上发表的一篇论文,对他更是崇拜。

春天的黄昏,寒意未尽,她竖起奶油色风衣的领子。

"你怎么不骑车上班?这条路离你家也不近。"

"我喜欢安步当车,走一走,能感受到工作之后的轻松。"

"是吗?那以后我也学你,安步代车,也享受一下难得的轻松。"

她笑笑,好看的唇衬着洁白的齿。

"对不起,请你留步吧,不要被别人误解。"

"你知道,我从来不在乎别人怎么看我,那样我要做的事就太少了。"他低低地说。

"我一向留意别人对我的看法,那样我才能拥有更多的自由。"

他一向看重她的意见,她不但漂亮更有风度。但他却仍然伴在她身旁,没有停步的意思。他离她很近,可以闻到她垂在肩头的长发散发出的淡淡清香,可以看清她那修饰得整齐漂亮的眉毛。他想起妻子的眉,无论怎么修理也缺乏这般韵味。上帝创造女人是很刻薄的,要么有才无貌,要么有貌无才。她才貌双全,却偏偏相识得太晚。他暗暗地叹了一口气。

路边不远的地方,有一座简易的居民公园,她家就住在公园后面。

她停下来,平静的笑靥里不无调皮的样子:"我的家快到了,尊敬的先生。"她向他伸出右手。

他仍然把手插在上衣兜里,眼里竟蒙上一层暗淡。她从未见过他这般神伤,心中不由一动,荡起怜惜的涟漪。

"能不能陪我坐一会儿?"他执着地看着她。

她温存地望了他一眼,犹豫了片刻,朝着公园内默默地走去。

他们相对而坐,谁也没有说话,很静,犹如这悄悄降临的夜晚。

她为他的忧郁感到丝丝不安。

他凝视着她,突然把没吸完的半截香烟扔掉,向前移动了一步,双手压在她的肩上,灼人的目光在她白皙的脸上流连。她的呼吸急迫起来,一种苦涩硬硬地梗在喉头。像是从梦中猛然惊醒,她迅速地推开他,讷讷地说:

"我该走了,真的该走了。"

他呆呆地立在那儿,直到她的身影消失在夜幕中。

第二天早上她没有来上班。他斜对面的那张办公桌是她的,人不在。他的心仿佛也缺了一半,心神不定地做着种种猜测,但又一次次地被自己否定。整个上午他守候在电话机旁,盼望突然接到她的电话。

中午,下班的铃声一响,大家都匆匆地走了,他仍然坐在空荡荡的办公室里,吐着浓浓的烟雾。

有钥匙在锁中转动的窸窣声,他警觉地站了起来。果然是她,他惊喜地迎上去。

"怎么没有上班?"他爱怜地看着她。

"我准备休假。"

"休假?"

"是的,这是我考虑了一夜做出的决定。我要去看我的男朋友。"

"男朋友?怎么没听你说过?"他的心一阵剧痛。

"他始终在等我,可我一直令他失望,是你唤醒了我的爱情,我想我的确到了该结婚的年龄了。"

他直直地望着她,目光里充满责备。

"我爱你,难道你不明白?"

"我明白,但这是一种无望的爱,我没有勇气面对你离婚带来的混乱。"

她的语调很平静,而对他却有一种奇怪的震慑力。是呵,身为一个丈夫和父亲,自己有什么资格占有她的高贵和美丽?让她遭受世俗的非议,又怎能忍心抛弃妻子和儿子,做个没有良心的负心汉!她的抉择是明智的,这才是唯一可走的路呵。

她饱含感情地对他说:"爱你的太太吧,婚姻是一件很现实的事,需要忠诚比需要幻想多。"

飞机场的候机室里,他紧紧地握住她银鱼般的手,彼此间都有一种难言的依恋。

"祝你一路愉快!"他轻轻地说,眼睛闪闪发光。

"谢谢。"她注视着他。

"希望带你的男朋友一起来。"

"我会的。"

她的手从他的大手里滑了出来。他的心一阵痉挛。

飞机起飞了,他怅然地望着飞机淹没在高高的云层里,转过身来,下意识地把手伸进口袋,对着暖洋洋的太阳吐了一口气。蓦地,他想起来妻子和儿子,想起那个温暖的家,于是加快了脚步向家中走去。

银戒指

这一片新开发的别墅区,远离闹市,隐在绿树浓荫中。一辆红色宝马车在一幢别墅的门前缓缓停下,车上走下一女人,三十多岁,颀长的脖颈上围着一条鹅黄色丝巾,将杏仁般优雅的面孔衬托得别有风韵。女人站在黑色铁花大门前,按了两声门铃。里面匆忙走出一位六十岁左右的老太太,用询问的目光打量着女人。女人温和地问了什么。老太太点点头,说:"你先等一会儿,我进去告诉他一声。"

不一会儿,老太太回来给她开了大门,把她领进客厅,她被屋

里的豪华惊得嘴巴一直没有合上。一个高大魁梧的男人从沙发中站起来,他手里拿着一张晚报。男子看了一眼来人,心骤然一紧。女人也有些激动,她望着男子,眼里荡漾着爱的激情又露出些淡淡的忧伤。男子却毅然转过脸去,望着窗外,冷冷地说:"你怎么找到这里的?"

女人望着他宽厚的背影说:"我从朋友那里打听到的。"

"你来干什么?"

"我,我想看看你。"女人声音轻轻地,还是和以前一样好听。

"看我?哼!"男人冷笑一声转过脸来,"你怎么又想到了我,是不是听说我现在有钱了?"

女人感到被男人猛抽了一巴掌,脸上腾起一片红云。她并没有在意男人的讥讽。女人想,男人的这一副样子是故意做出来给她看的,报复她的。

"几年没有见了,我千里迢迢来看你,请你看在过去感情的分上,不要这样,好吗?"女人的声音里隐含着一种请求。

男人轻蔑地瞟了女人一眼,他觉得女人变了,原来那一贯的高傲不见了,就把讥讽的口吻又加重了:"感谢上帝的大慈大悲。你也懂得感情了,过去你可不是这个样子的啊!"

女人没吭声,看样子女人心里经过一番激烈的斗争。过了一会儿,女人说:"请让我坐下来,好吗?"

男人这才想起女人还是一直站在客厅门前,就指了指宽大漂亮的沙发说:"随便坐。"

女人将脖子上的丝巾和肩上精致的小包摘下,转身挂在沙发旁的衣架上。

望着女人婀娜纤巧的身姿,男子的心不由地动了一下:她还是那么出众,那么冷艳的气质是普通女人无法企及的。不过这是一个不安分的女人，倔强地向往着缥缈的未来。他用尽了全部的情感和心血追求了她多年，因为女人也一直把他看作是自己最值得爱的男人，但最终女人还是选择了那个有钱的南方商人。因为那时他穷，他只是一个靠每月几百元薪水过日子的技术员，如果像今天这样，女人还会走吗？记得那是在女人去南方的前一天晚上，男人打电话想约女人出来好好说说，没想到，女人拒绝了，拒绝得很干脆！那一次，女人对他的打击几乎让他万念俱灰！

这时，一个十八九岁带点乡土打扮的女孩子，用托盘端来两杯茶，放到了他们面前的茶几上，之后安静地出去了。女人实在是有些渴了，便端起茶杯轻抿了一口。之后，女人扫了一眼富丽豪华的客厅，转了个话题："你这几年发展得真快，真叫人料想不到，真为你高兴！"

男人露出一种毫不掩饰的得意，说："这一切还要归功于你。"

女人不解。男人说："因为你，我才这样拼命赚钱。你说过，钱是最好的东西！的确，你说得对，钱给了我崭新的生活，让我活得体面，这真得感谢你才对，你看我现在的样子，没有让你失望吧？"

女人突然感到男人很陌生，原来那张诚恳明朗的脸找不到了。男人的蛮横和讥讽让她感到不是滋味，女人的眼睛有些红，强忍着没让泪流出来。

从女人的窘迫和黯然中男人得到了一种报复的快感，但这点快感很快又变成了对女人的怜惜。他从茶几上拿起一包香烟，抽了一支点燃，吸了一口。其实男人心里一直是爱女人的，这么多年他把自己的感情封闭在一道无形的围墙内，不让别的女人走进这道墙，就因始终忘不了女人，忘不了她的美，她的高傲，她的拒

绝。尽管男人很想恨她,想忘掉她,可男人却做不到。

男人和女人默默地坐着,屋内一片寂静。男子抽烟抽得很猛,白色的雾遮住了他的面孔。女人试图想打破那令人不安的寂静,说:"过去,你是不抽烟的。"

男子说:"过去,我不知道烟有这么多好处。"

女人听出他的话里有话,便岔开话题:"那个老太太和那个女孩子是你请来的佣人吗?"

男人心中的怨恨还没有消散,只是笑着问女人:"怎么,不可以吗?现在我有这样的条件让我奢侈。"

女人有点愤怒了,但她忍着,只是轻蔑地看了男人一眼。

男人也意识到自己的话说得有点过了,他故意换了一个话题问:"你跟那个南方商人过得好吗?"

女人的心像被蜜蜂蜇了一下,眼里露出痛苦的神情,她平复了一下情绪说:"我并没有跟他结婚,到了南方后,我独自一人去了一家化妆品公司打工。"

"为什么?"他瞪大了眼睛。

女人轻轻叹息一声,嘴角上浮着自嘲的浅笑:"一言难尽,我不愿再提以前的事,还是忘掉它吧。"

想不到是这样,男人的心软了。他从女人凄楚的笑容里看得出,命运并没有让她如愿,而是给她安排了一场噩梦耍弄了她,那一定是一段不愿再回味的悲凉。

"你为什么不早点回来?"男人换了一种口气。

女人说:"我想回来,可我没有勇气。我在乎别人的目光。还有,你能重新接纳我吗?"

男人站来身来,在客厅里面来回踱了几步,然后走到女人身边用手抚摩着她的肩。女人抬起头,看着他的脸,刚才的冷嘲热讽不见了,眼里满含怜惜和深情。忽然他探下身子,伸出一双有力的胳膊将她揽在怀里,轻轻亲吻着她的额头。女人微闭着眼睛,泪水流下面颊。

男人好像想起来了什么,转身去了里面的卧室,走出来时手里端着一个粗糙的绒布小锦盒。女人用询问的目光望着男人。

男子说:"这枚戒指本来是想作为订婚礼物送给你的,后来……你还记得临走前的那个晚上吧,我想把你约出来送给你,可你拒绝了……"

女人的眼窝一热,泪又流了出来。

女人从他手里接过锦盒,掀开盒盖,她看到了一枚戒指,是银的,很普通的那种,穷人用的那种。看着,女人心里一热,说:"谢谢你,你让我越发感到愧对于你。说实在的,这几年我没有一天不在想你。我幻想着,如果有一天我们还能再续前缘,我一定会加倍补偿你,不知道你是否还能给我一个机会?"看着男人的斯文里藏着几分倔强的脸,女人的心情还有些紧张,似乎在等待着男人的一个重大决定。

女人说:我已经失去过一次,不想再失去一次!

听女人这么说,男子的眉毛向上挑了挑说:"请原谅我由于想象而做出的一个结论,如果我今天没有钱,如果我今天没有这样的风光体面,你还会回来找我吗?"

女人突然像被男人又重重地打了一巴掌,当然,这一巴掌是打在心里。女人把锦盒推给了男人,说:"你的想象和你的结论很高明,不过我告诉你,我不是为了你的钱来的。我的钱大概可以买你这样的十套别墅。我的生意做得也不小,我做化妆品营销代理,业务已经从南方发展到了东南亚。我之所以来找你,是因为这几年我有一个体会:挣钱容易,但找一个重情重义的男人很

难。我是来找那个几年前的你,找那个诚恳纯朴、有正义感、重情重义的你……可是,我失败了……"之后,女人说:"好,我走了……"女人说完,去衣架上取了包和纱巾,走了。

男人被女人的话惊呆了,呆成了傻子一样。当他想起去追女人时,女人已上了她的车。之后,男人就看着红色轿车在绿荫掩映的小道上驶向远方……

春光美

春天的味道真好闻,鲜鲜的,暖暖的,甜甜的,爽爽的,还有点母乳的腥味。我推开窗子,站在窗前,使劲地吸着鼻子闻,这味道令我觉得幸福和愉快,感觉到春天是那么的浩荡和宽广,感觉我也是春天里的一棵植物了。

窗前的老梧桐,根部已露出地面,被行人踩得脱了皮,光滑地裸着,可春天一来,那紫色的花,就一朵朵,一串串,如烟如梦地开放着、燃烧着,把我的窗前绚烂成一片紫色的霞。

天空传来啁啾的鸟叫声,随即,一对叫不上名的鸟儿,欢快地落在梧桐枝上,用尖尖的小嘴,啄理身上的羽毛。一只鸟啄啄自己的羽毛,又转过头啄它身边的同伴。同伴不领情,拒绝它的殷勤,顽皮地把头闪开了。

小小的生灵,它们的世界也充满了天真。

童趣啊!好美!像春天一样美!

一个男人从树下经过,或许小鸟悦耳的歌声惊动了他,或许小鸟美丽的羽毛吸引了他。反正,他停住脚步,抬头看那对鸟儿,看了好一会儿。那男人点了点头,好像决定了什么,接着他便弯腰在地上找什么。找了好一会儿,我发现他是从地上捡起一块石头。之后他又左右环顾了一下,找到了一个适当的位置,拉开架势,准备将石头扔过去。

有个女孩,也就是七八岁的样子,正在树下拣落下的梧桐花玩。刚开始她没在意那个男人,这么好听的鸟声谁不喜欢听呢?可她发现那个男人在找石块了,女孩就警惕起来了。女孩的目光像黏住那个男人似的,一刻也不离。当男人拉开架势要将石块扔向那对正在树枝上歌唱的鸟儿时,女孩叫住了男人说,不许你打鸟!

男人问这个女孩,为什么?

女孩说,不为什么!

男人说:这个鸟是你家的,你不许?

不是我家的,可……女孩低下了头,女孩想了一会,看了一下树和手中的花说,是春天的!

男人说,你说不是你家的了,我就可以把它打下来!男人说着又拉开架势,用石头瞄着鸟儿,要扔。

女孩好生气,泪几乎要流出来,她看看鸟儿看看男人,忽然她拉长银铃般的嗓子,"啊——"地大喊一声。

鸟儿惊飞了。

男人有点生气,拿眼看她。女孩并不惧,脸上漾着胜利的笑,对男人说,就不许你打它!男子说,又不是你家的,为什么?女孩说,你打鸟,鸟会疼的,一疼鸟就会哭。男子被女孩的话逗笑了,说,没听说过,鸟还会哭?女孩说,那当然,什么都会哭。男子觉得这个孩子挺好玩,逗她说,鸟怎么哭?你学给我看看。女孩当真就闭着眼,张着嘴,哇哇地学哭样。男子被小女孩逗乐了,哈哈地笑着说,这是你哭,不是鸟哭。小女孩不服气,说,我哭就是鸟哭。人会哭,小狗也会哭,小猫也会哭,树也会哭。男子不耐烦地说,你呀,你呀,你真是个小孩子!不听你乱讲了,再见吧。男人好像不生气了,好像很开心了,就冲女孩摆摆手,走了。

女孩又去捡树下的梧桐花,一边捡,一边轻声唱:花儿美,花儿俏,蝶儿飞,鸟儿叫……

无解的答案

教授正在家准备第二天的讲课稿。教授在一所大学任教,主讲犯罪心理学。

教授面前堆着一摞书,他工作时非常专注,最不喜欢有人来打扰。可偏偏在这时,教授刚开始备课,门被敲响了:啪,啪,啪。很有节奏,也很有礼貌。

教授很不高兴,把脸扭向门问:哪位?有何贵干?

是我,给您送净水器的。

是一个女孩的声音。女孩的声音脆生生的,让人想起春天窗外小鸟的歌唱。

教授没听懂女孩的话,问:什么净水器?我家没买净水器。你送错了。

女孩柔声说:没送错。就是你家。

教授站起身,走进厨房,净水器挂在墙上好好的。他就对着门口不耐烦地说:我家有净水器,用得好好的。你快点该送哪儿送哪儿吧!

女孩说:就是给你家的。正因你家有净水器,所以我才给你送的。

教授越听越糊涂,火气一下上来了,他想撵女孩快走,别打搅他。

门开的瞬间,教授不觉眼前一亮:女孩长得白白净净,瓜子脸,大眼睛,眼睛黑葡萄一样水汪汪的。一看女孩这么好看,教授的火气不觉间消了。

教授犹豫了,是关门让女孩走?还是让她进门?一时下不了决定。看到女孩的紧张,教授心里一软,说:你进来吧,说清楚你到底是干什么的?为什么要无缘无故地送我净水器?

女孩听到叫她进屋,脸色顿时轻松了许多,说:谢谢。

女孩拖着一个箱子进了屋,看看沙发没有坐,仍然站在教授面前,微笑着说:我是推销员,但是我们公司只送产品不卖产品。这净水器就是我们公司无偿赠送的,一分钱都不要。

教师乐了,想,我现在虽然教犯罪心理学,可我以前是教营销学的。我教了半辈子营销学,这种营销模式还是头一回遇到。教授显示出了兴趣,两眼睁得大大的,又问一遍女孩:白给?一分钱不收?

女孩点点头:是的,白给,一分钱不收。

教授皱起眉头:莫非,你这产品是新牌子,在试验过程中?

女孩忙摇头:不是,你看这牌子。女孩指着商标给教授看,国际名牌,家喻户晓。

教授又问:你们老板是慈善家?

女孩又摇头:不是慈善家,就是专营这牌子的代理商。

教授哈哈一笑:那我今天真是吃到天上掉下来的馅饼了。

是的,先生,你真的是吃到天上掉下来的馅饼了,这馅饼正巧掉在您嘴里了。女孩轻言细语,教授听得面带微笑。

女孩看教授心情好,就说:不过,我们送净水器也不是没有任何条件。

教授的笑容顿时消失了,说:开始讲条件了不是,我说不能白送嘛。

女孩说:你别急,不是向你要钱的。你耐心点,听我把话说完。第一个条件是,要送家里已经安装净水器的客户,就像你家,正在使用着。而且使用的牌子得是别的厂家的,和我们这个牌子一样的也不送。你家就符合我们这第一个条件。

教授听得丈二和尚摸不着头脑。

女孩看教授一脸茫然,说:我很忙,先生,还有很多客户等我服务呢,我现在就把赠送的净水器给安上,好吗?

教授猛然想起自己也要备课,就说:好,你安吧。

女孩说:等我安装好了,我要把你的旧净水器带走。

教授问:什么,你要把旧的带走?

是的,先生,这是我们赠送净水器的第二个条件,你愿意吗?

教授想了想,看了看换下的净水器,已经用了四年了,也该淘汰了。反正旧的留着也没用,说:拿走就拿走吧。

女孩看教授同意了,说:实话跟您说,这旧东西,不单对您没用,就是对我们公司也没用,卖废品,人家废品站都不愿要!它确实不值钱。带着还累人,你看,这脏兮兮的能有什么用?

教授故意说:既然不值钱,你就别拿了,我把它扔垃圾箱里去。

女孩害怕教授真拿出去扔掉,忙说:别扔,虽不值钱,可对我们推销员来说非常重要。经理告诉我们,不见旧的,就不算我们的业绩。拿回去一个旧的,才能增加一分业绩,我才能多得一份提成。

教授笑了,笑得很有意味。

女孩一边往墙上挂净水器,一边转头看教授,眼神好奇怪,好像在他脸上找什么东西。

不一会儿,女孩就把净水器安装好了。净水器的安装极其简单,只在墙上楔两个钢钉,把净水器的盒子挂在墙上,然后把净水器的水管连接在自来水管上,甘甜的饮用水就从另一个水管里哗哗地流出了。

换上新净水器后,教授试了一下,不愧是名牌,的确是好。水出得快还干净。女孩先用纸杯接了一杯净化水喝了。然后指着地上换下来的旧净水器,问教授:先生,有旧报纸吗?我把它包上,太脏了。

教授说:我家其他东西没有,就是旧报纸多。他边说边去阳台拿来一沓旧报纸。

就在教授去阳台拿旧报纸的空儿,女孩以迅雷不及掩耳之势,把教授博古架上的一枚印章装到了口袋里……

那是一枚价值不菲的印章,女孩拿到古玩市场,一懂行的人说,是齐白石的作品,当之无愧的珍宝。

半年后,教授才想起他的印章,却怎么也找不到了。教授郁闷坏了:怎么会不见了呢?难道长翅膀飞了?直到今天,教授还没找到答案。

刘锁要回家

刘锁的家是一间租来的20平方米的简易房。爸爸用木板隔成了两小间。刘锁住里间,爸爸妈妈住外间。

进了刘锁的小房间,感觉像钻进了"小盒子",黑而狭窄。刘锁做作业得把书本放在腿上,坐在床上写。可刘锁还是很喜欢这个"小盒子",因为,这里是他自己的世界,在这里他感到很安全。特别是当爸爸凶着脸打他骂他时,"小盒子"就成了他的避难所,躲在里面,悬着的心就会放下来。在学校受到欺负时,刘锁回家也躲进"小盒子"。不管外面发生什么事,一进他的小盒子,他就会感觉特安全,心情也会慢慢好起来。

刘锁很怀念自己的家。他的家在四川西部的一个乡村里。他家是一排新盖的平房,其中最西边的那间是他的房间。他的房间好大好亮堂,比这个小盒子好几万倍。出了门前面就是菜园,菜园前面是竹园,要多美有多美。可是有一天,在外打工的爸爸却把他和妈妈一块儿带到了他现在住的这个城市。

爸爸是个打工仔,爸爸认为手脚勤快,哪里都饿不死人。刚开始,爸爸在一个工地上打工,妈妈在一个电子厂里上班,虽然是住在这样的"小黑盒子"里,刘锁还是很快乐的,可最近半年,妈妈的电子厂关闭了,爸爸的工作也丢了,爸爸整天一副邋里邋遢的样子,脾气变得很坏。

爸爸过去可不是这个样子啊,爸爸最疼爱刘锁了,在家里的时候,每次去赶集,爸爸都是让刘锁骑在他的脖子上,有次他要撒尿,喊爸爸让他下来,爸爸动作慢了,他撒了爸爸一脖子。爸爸只是笑,也没打他。就说来到这个城市吧,有一次,爸爸单位的老板宴请员工聚餐,爸爸的那份没舍得吃,而是带回了家。那可是一个很大的饭盒啊,满满的都是好吃的。看刘锁吃得那么开心,爸爸一个劲地笑。

  可是近段时期,爸爸的脾气变坏了,动不动就动手打他。开始是用巴掌,后来就用了门后的扫把。他知道,爸爸打他,是因为爸爸心里憋屈,他怨"金融危机",把爸爸的工作"危机"掉了。半年前爸爸工作的那个工厂,因金融危机大幅度裁员。爸爸由于年龄大,没文化,第一批就被裁掉了。之后的几个月,爸爸一连应聘了几个工厂,都因年龄大,文化水平低,没有专业技术等原因始终找不到工作。那天,刘锁刚放学回到家,爸爸又不明不白地要打他。妈妈大声对刘锁喊,孩子,快跑!可是刘锁没跑,只是钻进了他的"小盒子",刘锁坐在自己的"小盒子"里,抱着双腿,把头埋在双膝上,一边流泪一边想:"金融危机"真不是个好东西,把爸爸都变成什么样子了!想着想着,他就想起了自己小时候乡村的那个家,他太想念家了……

  爸爸打刘锁的时候,妈妈总是护着他。妈妈有时哭着对刘锁说,孩子,原谅你爸爸吧,他因为找不到新的工作,心里太苦了。妈妈的话,刘锁能听懂。所以每次爸爸打他的时候,他都由着爸爸打,他想,爸爸,只要打我能让你找到工作,你就使劲打吧!每次爸爸打过之后都是泪流满面!

  今天放学时,不知谁用碳素笔画了一只老鼠,黏在他的后背上,逗得走在刘锁后面的同学哄笑。刘锁受了羞辱,脸气得通红,但他克制着自己,没有发怒。刘锁不能发怒,他知道他自己是个乡村娃。在人家的城市他是没有资格发怒的！刘锁一到家就钻进自己的狭窄的"小盒子"里，一边做作业，一边让委屈的眼泪任意往下流。这个时候，他不由得又想起川西的那个家，那个竹园，那里的伙伴……他想告诉爸爸，爸爸，咱的家不在这儿，这个城市不是咱的家，咱的家在乡村啊！

可刘锁不敢说。刘锁怕说了，爸爸又打他。刘锁好想乡村的那个家啊……

这时，刘锁听到妈妈在敲门：刘锁，出来，快出来。妈妈的声音与以往不同，显得有力，愉快。妈妈说：锁，我和你爸商量好了，咱明天就回家，就回咱自己的家。爸爸不在这儿找工作了，爸爸要回家承包果园，种葡萄。你二叔今年种葡萄挣了好几万呢。妈妈的声音里带着笑：孩子，你再也不用躲在这个黑屋子里了，咱们家的房子虽在农村，可比这黑屋子大多了，亮多了。

刘锁也听到爸爸在说：孩子，出来吧，爸爸以后再也不打你了，爸爸向你道歉。回到咱自己的家，爸爸一切从头开始，把咱的地种好，把果园种好。咱一家人和和气气、快快乐乐地过日子。

妈妈说：快出来收拾你的东西吧，这城里虽好却不是咱的家，咱回咱自己的家去！

对这突然的变化刘锁真的有点欣喜若狂。是啊，我们要回家了，要回到我们自己的家了！但一收拾起东西来，刘锁又有些恋恋不舍了，"小盒子"，我要离开你了，我要永远离开你了……

当刘锁和爸爸妈妈离开这个房子的时候，刘锁看着他的"小盒子"，刘锁想，回到家，我一定好好读书，在不久的将来，我一定还会回来的。只是，那个时候我不是这个城市的打工仔，我要做这个城市的主人！

樱花美

　　妈妈看着窗外说:春暖大地,樱花开了,我们去郊外的"樱花村"看樱花吧。我顿时兴奋起来:好啊,春天是为我们每个人来的,我们当然要去春天里做一只快乐的"小小小小鸟"。妈妈笑了。妈妈被我的快乐感染得泪眼婆娑。因为我是一个盲人,十六年来,妈妈几乎寸步不离地陪着我,用她的爱小心翼翼地呵护我,并教我如何坚强乐观。我问妈妈:去"樱花村"远吗？妈妈说:不远,也就一个小时的路程,而且有去"樱花村"的旅游专车呢!

　　第二天早上,我和妈妈坐上去"樱花村"的旅游车。那是辆中巴。车上人不少,春色、春景把人心袭得热闹缤纷。汽车快启动时,一个姑娘急急忙忙上车了。妈妈忙把座位让给她,说:姑娘,坐这儿吧,这儿上下车方便。姑娘说:谢谢您! 然后姑娘就坐在我的身边,听声音她和我年龄相仿。妈妈在我身后找了一个位子坐下后问姑娘:你一个人去"樱花村"？ 姑娘说:是的。我妈把我送上车就回去了。妈妈听了没有出声。姑娘知道妈妈心里有顾虑,忙说:我姨妈家就在"樱花村",我妈电话中同姨妈说好了,她会去车站接我的。我妈轻轻地"噢"了一声,把提着的心放下了。

　　听姑娘说她姨妈住在"樱花村",我便来了兴致问:听说"樱花村"里家家户户都种樱花,是吗？ 我这样的问话她可能没料到,或者她知道我是盲人,我感觉她愣了一下,说:是啊,家家都种的。姑娘说:每年春天,在"樱花村",只要迎春花一开出小花,接着樱花就开了,家家户户,大街小巷,一个村子开得花团锦簇,满庭繁茂,绚烂极了。樱花的芳香熏透了整个村庄。特别是"樱花村"的樱花园,方圆十几里,铺天盖地,遮天蔽日,一望无际的花海,真是太壮观了!女孩说得有些动情,我闻到了她微微急促的喘息声。不知为什么,她的喘息声却给我一种莫名的激动。我想,此刻如果我要能睁开眼睛该有多好,我要好好地看看她。她的脸庞一定焕发着樱花一样的光彩。我说:俗语说看花容易栽花难,樱花好种吗?她笑了,说:樱花适应性强,不怕寒,不怕旱,很容易移栽。但它怕多水,也怕风。我看姑娘是个"樱花通",我又问:樱花树寿命长吗?姑娘说:可长了,听"樱花村"的人说,日本有一棵樱花树活了五百多年了,到现在,开起花来都是一球一球地重叠着,都把树压弯了。她说话时,一定是看着我的脸,我能感到她呼出的热气。我说:你知道的真多,像个樱花专家。她甜甜地笑了,自豪地告诉我,她是半个"樱花村"人。每到樱花开的时候,她就到姨妈家住上两个月,等樱花败了才回家。我同她开玩笑:等明年樱花开的时候,我和你一起来,也在你姨妈家住两个月。她舒心地笑起来,说:好啊,欢迎你。

汽车到达"樱花村",我们和姑娘一起下了车,果然,她姨妈已在车站等她了。

等姑娘和她姨妈走远了,我问我妈:那姑娘长得很漂亮吧?妈妈说:是的,很漂亮。我说:她是不是留着乌黑的长发披在肩头?妈妈说:是的,她黑黑的长发很亮,披在肩头像柔软的缎子。我说:她的身材是不是轻灵秀气?妈妈说:是的,她像一只一跃就能飞起来的百灵鸟。我又问妈妈:她是不是有着一双乌黑明亮并且会笑的大眼睛?妈妈好久没有说话,我不知妈妈这是怎么了?就问妈妈怎么了?妈妈说:孩子,那个姑娘和你一样,也是一个盲人。

想象病

刘夫人把那一沓一沓的钱,装进粉色的小坤包,穿上水亮的高跟鞋,就出门了。刘夫人把小坤包拎在手上,去珠宝店买钻戒。

昨天打牌,一位牌友对她说,珠宝店新进了几款钻戒,很时尚,好看极了。你见了,保证喜欢。

刘夫人有个爱好,喜欢欣赏钻戒,并收藏钻戒。刘夫人认为,精美的戒指,是彰显女人高雅气质和尊贵身份的绝佳载体。一只精美的戒指,会使女人更有魅力。

刘夫人的家,离珠宝店挺近,步行,也就十分钟。刘夫人的高跟鞋,哒哒哒地敲击着马路,欢快的脚步声,如刘夫人兴奋的心情。这心情,真像去会情人啊!

也许刘夫人光想着快点到珠宝店了,也许今天的心情太好了,当刘夫人走到珠宝店柜台前时,却突然发现手腕上的小坤包不见了。刘夫人的头顿时大了,就觉得天旋地转,眼前全是小金星乱飞。怎么就那么蹊跷,明明挂在手腕上,咋就没影了?刘夫人很快回过神来,她跑出珠宝店,往刚才来的那条路上奔。一定是丢在路上了,她想,肯定是丢在路上了。她的高跟鞋,咔咔咔咔,跑出了一路的嘹亮。一路跑下来,气喘吁吁,肠子快累断了,竟连包的影子也没见到。刘夫人绝望了,绝望得整个人都碎了,碎得流血。刘夫人站在路边上,呆呆地瞅着过路的行人,试图从他们的神色中寻找出蛛丝马迹。她忘记了自己平日端庄高贵的做派,主动和身边走过的行人搭讪:你看见这么大的一个粉色的包吗?你看见有人捡到吗?若捡到就还给我,不然我的心就疼死了,真的疼死了呀!两个行人停下来,问:究竟发生了什么事?刘夫人流着泪说:包丢了,包里有很多钱。这时又有两个行人,也停下脚步,围过来。刘夫人又对这两个人说:如果哪个好心人捡到她的包,请还给她,她一定拿出五千块钱作酬谢,并保证说话算数,绝不食言。刘夫人的慷慨,使围观的人发出唏嘘声,啧啧赞叹刘夫人大方。有一个人说:你给五千,怕也难有人还你呀,你的包更值钱啊。现在是金钱社会,抢都怕抢不到手,谁还你,这等好事恐怕做白日梦啊。也有人劝刘夫人说:你别这么难过,再等等看,说不定就有好心人,就有活菩萨,拾到了再还到你手里呢!

　　还别说,刘夫人的命真是好,就在这时,一个中年妇女走进围观的人群,对刘夫人说:这就是你要找的那个包吧?刘夫人一把把包搂在怀里,然后忙打开包,啊,钱安然无恙,像躺在包裹里幸福安睡的婴儿。刘夫人的泪又哗地流出来了,这是喜极而泣,甜蜜的泪啊!大家都为刘夫人的包失而复得开心叫好。人们对拾包的女人说:你真是好人啊,真是好人啊,拾这么多钱都还给人家,真是感人,应该对电视台说,叫他们报道你,号召大家向你学习!女人的脸红红的,害羞地说:不是俺的,再多也不能要,花昧心钱,老天要惩罚的。

　　有个围观者对刘夫人说:你刚才允诺,给拾金不昧者五千块钱,你得给呀。刘夫人忙点头说:当然,应该给的!刘夫人接着又打开包,神色却突然变了,说:不对啊,我怎么看着钱少了呢!拾钱女人的脸也一下变了,变得很难看,很慌张,她急切地说:你好好看看,真少了吗?我可是没动你包里的一分钱啊!刘夫人说:少了,少了五千,我记得清清楚楚,都是一万块一捆的,就五千块散的,没了。一旁的人说:不可能啊,要是想私匿你五千块,不如留下包不还你,干吗就只留五千块啊?有几个人也赞同这种说法。刘夫人不以为然,她对女人说:没关系,没关系,我依然感谢你!显然,大家都听出刘夫人话里的意思。拾包的女人顿时愤怒了,双唇气得抖动起来说:你不要侮辱俺的名誉,俺可没动过你的包,没拿你一分钱。女人接着说:俺在路上走着,看到地上有一个方方的红的东西,以为是超市促销的广告纸,走近一看,是个皮包,打开一看,里面都是钱,当时俺想,这个丢钱的人怎么拿这么多钱也不小心啊。我想打110,叫警察来处理,不然这么多钱,叫俺咋办呢?我正着急呢,看你们这边围着人,就过来了。俺保证,俺没动你一分钱。

  刘夫人说:我可没说你动了一分钱,不过我纳闷,包里的五千块钱到哪儿去了呢?莫不是长了翅膀,飞了。另一个旁观者对刘夫人说:你再仔细数数,到底少了没有,别错怪人家,一看人家就是好心眼的人,莫非你允诺给人家五千块酬劳,现在又心疼了反悔了?这话,锤子一样重重砸在刘夫人心上,怒气腾地就上来了,脸涨得通红:我就是少了五千块钱,如果这五千块钱不少,我一定会给她酬劳,我一向说话算数,我一向对钱看得很淡。诚实才是最宝贵的,比钱重要多了。就在大家争吵不下的时候,有个巡警过来了。大家一下子都把目光聚焦在巡警身上。巡警对刘夫人和拾钱女人说:要不你们一起跟我去派出所吧,去派出所再详细调查。刘夫人坚决反对,说:我不去,我怎么能随便跟你去派出所!拾包的女人委屈,泪在眼眶里含着,对警察说;我真分文未动啊!警察同志,要不你帮她数数,看看钱到底少没少?警察对刘夫人说:你同意我帮你再数一遍吗?刘夫人说:好,你随便数。刘夫人打开包,警察在众目睽睽下,帮刘夫人把钱数了一遍。数后,警察奇怪地看着刘夫人说：没少啊，这五千块不是在这儿吗，一分也没少啊。拾钱女人的脸，顿时绽放出笑容，如雪融化后的阳光。警察对刘夫人说：你这样不负责任很不对，你应该向这位拾金不昧的同志道歉。一旁的人都生气地说：是啊，应该向人家道歉，快给人家你允诺的酬劳。刘夫人不服气，头倔着，雄鸡一样地说：什么酬劳，什么道歉，钱是我的，不给就是不给。有人气愤了，说：不讲道理啊，真不是玩意，应该叫她去派出所受受教育！

突然有个声音，从人缝里钻进来，接着一个人钻到刘夫人身旁问：怎么了？怎么了？出什么事了？来人神色慌张。警察把发生的事给他讲一遍。来人松了一口气，说：我猜也是发生了和钱有关的事。来人先安慰刘夫人：钱没丢就好，没丢就好，不用怕，现在没事了，一切都安全了。来人接着向拾金不昧的女人说：谢谢你啊，非常谢谢你，不然她得大病一场啊。来人把警察带到一旁，悄悄地说：警察同志，请你不要带她去派出所，好吗？你可能不知道她是谁？警察用询问的目光看着来人。来人笑了笑，然后神秘地说：她是咱们这里行长的夫人，她人非常好，也很大方，常在社交界走动，在社会上有很大的声誉。不过她有个难言之隐，时不时丧失记忆，常常使自己陷入各式各样的麻烦中。警察问：她有病？来人说：说是病也不算病，说不是病也算病。警察问：到底什么病啊？来人说：想象病。警察不知道这是什么病。来人说：我举个例子给你说吧，比如，她去银行存钱，本来存10万元，她总是把10万元想象成20万；比如她去购物，人家明明找给了她剩余的钱，她总是说人家没找。警察说：这不是欺诈吗？来人说：您怎么说得这么难听，她的这种行为，完全是无意识，全在不自觉的情况下发生的，怎么能叫欺诈呢！警察又说：这不是精神病吗！来人说：警察同志，你怎么越说越难听了呢？这只能说她的思维方式和思维习惯与众不同。警察更是糊涂了：她是银行行长的夫人，该是有很多钱吧，怎么会有这种奇诡的思维方式？来人说：你是警察，不是心理大夫，所以你不懂。其实，越是有钱的人，往往越容易得这种病。警察笑了，说：还是病啊，纯粹财迷一个！来人一听警察在笑刘夫人，气得转身就走。警察在他身后问：你是她什么人？来人说：我是她的保健医生。之后来人对刘夫人说：咱走，咱回家！

他们走了，看着两人越来越小的身体，拾金不昧的女人，警察，还有围观的人，都嘿嘿地笑了。

朋　友

王清河、王清水，听名字像一对亲兄弟，其实，是两个不相干的人。

那天黄昏，王清河散步，王清水也散步，一个从公园的东门溜达着过来，另一个从公园的西门溜达着过来，最后俩人都坐在了人工湖边的连椅上。他们友好地笑笑，礼貌搭讪后，又各自介绍。这一介绍，他们坐得更近了。他们的名字就差一个字，岁数也一般大，今年整六十，王清河只比王清水大两个月。更巧的是，他们都是孤身生活。王清河说：他有一个女儿，在美国留学后就定居在那里，老伴在那里给女儿看孩子。王清水说：我利索，一个人吃饱，全家不饿。他说完哈哈地笑了。之后他们把各自的电话号码、家庭住址写在纸条上，交给对方，说以后常来往。

他们就这样交往了。他们常常在一起散步,聊天。

有一天下午,王清河正在家看报纸,忽然接到王清水的电话,让王清河去他家一趟,有事要他帮忙。王清水的话音有些急,像对一个相知多年的老朋友。王清河忙说,好,这就过去!

按着纸条上的地址,王清河找到了王清水家。

王清水正站在家门口恭候,见王清河来,他有些激动,忙把王清河请进屋,端上他早已泡好的茶水。王清河看出王清水脸上的笑都是硬挤出来的。

王清河知道王清水心里乱,便安慰:你别忙活,先说说要我帮你什么忙吧!

王清水从沙发上站起说:你跟我来。

王清河跟着王清水去了里屋。里屋摆着一张双人床,还有一个老式红木大衣柜,一张藤编摇椅,摇椅已磨出油亮的光。王清水说:这是我父母住过的房间。他们已去世十几年了,我还一直保留着这里的模样。王清水打开衣柜,从隔层里取出一个非常精致的锦缎方盒,缎面颜色已褪色。打开盒盖,王清河不由得大吃一惊:这是一件青釉瓷壶,壶身刻有变形的九头鸟和鹿兽纹。王清河虽不懂古物鉴赏,但壶之精美令他唏嘘不已。

王清水说:这是元代九鸟壶,经多位专家鉴定,属同类器物中的珍品。

王清河猜不透王清水为什么拿这宝物给他看。王清水说,壶是我父亲留给我的,是他老人家的最爱。接着王清水说了他的请求:请老哥帮我把这物件卖了。

王清河说,你说什么?让我替你卖这个壶?王清水点了点头。王清河有些不相信自己的耳朵。王清水叹了声气说,三年前我患了胃癌,在北京的一家医院做了手术,手术做得相当不错。

我以为奇迹在我身上出现了,我能扛过一场生死大劫。可这段时间,我觉得身体有变化,浑身疼痛难受,今天上午去医院检查,果然很糟,癌细胞已扩散⋯⋯王清河听得目瞪口呆,他安慰王清水:不要悲观,要相信现代医学技术。北京我有朋友,我陪你到北京去看。王清水笑了,笑得很坦然:这种病我清楚。这次怕是凶多吉少,进了医院就出不来了⋯⋯

王清河说,不会的,你要有信心!其实王清河知道,他的话苍白无力。然后,他接着说:你是要我帮你把瓷壶卖了治病?

王清水静静地笑了,说:我已用不着这钱了。我住院也就是用些止痛药罢了,不要死得过于痛苦。我是请你帮我把这东西卖了,替我还一个人的债。用这笔钱,把这个女人的眼睛治好!说着他从口袋里掏出一张信纸,纸上详细地写着一个人的姓名、住址。

王清河接过纸仔细看了看,又抬头看看王清水。

王清水说:你还能想起这样一件事吗?三十五年前,有一个年轻人,受他父亲的熏陶,特别喜爱瓷器。一次到朋友家玩,见朋友家里珍藏着一对乾隆年间的御制青花瓷瓶。此后他坐立不宁,一时糊涂,竟动了歪念。趁朋友一家人出门旅游的时候,他撬开了朋友家的屋门,找到了放瓷器的保险箱。就在他撬保险箱的时候,突然背后传来脚步声,一个十七八岁的女孩出现在他面前,女孩是朋友家的保姆。他怕此事败露,操起身边的撬保险箱的榔头,朝小保姆打去,榔头击中女孩,女孩昏死过去。后来女孩虽被救活,却双目失明,一生只能在黑暗里度过。那美丽的青花瓷,也毁掉了那个年轻人最美好的前程。他也因此被法院判了有期徒刑二十五年。

王清河如醍醐灌顶,三十五年前一个俊朗挺拔的年轻人立刻映入脑海:王清水?你就是那个王清水?

王清水眼里噙满了泪水,说,是啊,我就是被你在法庭上宣布判二十五年有期徒刑的王清水啊!

王清河眼窝里开出了泪花说:没想到是你呀!

王清水说,我能叫你一声老哥吗?你能认我这个有罪的老弟吗?王清河说:能,能!那个有罪的弟弟早已不在了,你是我的好弟弟!

王清水松了口气,说:这回我就放心了,我就能走得无憾了!王清河说,你哪里也不能去,马上去医院。大夫说的不算数,老天说的也不算数,我等你,等你出院回来,一块玩,一块去公园散步,我们还要活他个三十年五十年,谁也不准丢下谁!

说着两人都已是泪流满面,紧紧拥抱在一起……

走着上班

这个事是真的。儿子把母亲从乡下接到城里。儿子说,娘,说啥也不能让你在乡下住了。你在乡下,儿的心就跟着你在乡下,儿干什么都丢三落四的。娘啊,儿子不能丢三落四啊!娘听了点了点头说,好吧。

儿子的房子挺大,装修得很漂亮。母亲七十岁了,满是皱纹的脸,笑起来都是花瓣。母亲来跟儿子享这样的福,很知足,母亲觉得以前受的那些苦,值。

母亲的卧室和儿子的卧室对着门,中间隔着挺大的客厅,儿子觉得这客厅就像岸,和母亲隔着,心里不踏实。儿子担心夜里自己睡得沉,母亲若有事叫他听不见,怕误了事。儿子想了一个办法,他专门买了一个手机。他把自己的号码输进手机,对母亲说,娘呀,夜里你若有事叫我,你一按这个绿色的小钮,我床头上的电话就响,我就立刻到你身边。娘接过手机,在手里翻来覆去地看,说:孩啊,我不会用它啊。我的眼早就花了,哪知道什么红什么绿呀!看着母亲流泪的眼睛,儿子的心头说不出的怜惜。

那怎么办呢?儿子看了看手机,把手机丢在了一旁。儿子养成的习惯,不论做什么事,一定要做好。儿子想,我咋能被这点小事难住了!儿子就在屋里走,走着走着,儿子一拍手,自言自语道:有了。他回身走到衣柜子前,拉开抽屉,从里面拿出六七个拴成一串的小铜铃。母亲看见儿子手里的小铃铛,脸上一惊,接着就笑了,说:孩啊,这不是你小时候我给你钉在虎头帽上的那串小铃铛吗?儿子说:是啊,娘,就是那串小铃铛。

娘从儿子手里接过那串小铃铛,仔细端详着,小铃铛已经生出黑色的锈,蕴含着尘世的痕迹,但露着碎镜片一样的铜光,说:你真是有心啊,都过去几十年了,你还留着呢。

儿子说,是啊,我把这串铃铛从虎头帽上摘下来,就一直藏在这。刚离开家那几年,我常想家,想娘,就把这铃铛拿出来,晃晃,丁零零地响,像山歌,好听呀。一听到这声音,我就像回了趟家,回到了娘的身边,我心里就不慌了,就踏实了。儿子说完就对娘笑笑,儿子也笑出了一脸的细纹。

母亲看着儿子,是啊,这么长的时间过去了,人哪能不老了呢。儿子鬓角已经花白了,看着儿子的华发,娘无限感叹:过得多快呀,一晃几十年过去了。儿子说,是啊。母亲问:儿啊,还记得小时候娘给你做的那顶虎头帽吗?儿子说:记得,咋能忘了呢?

那是顶红色的虎头帽,是娘用结婚时穿的红缎子褂子改做的。

娘听了点了点头说:是啊,那时你只有五六岁,虎头帽的尾巴上,顶着这串小铃铛,你小时候特调皮,走路不老实,到哪里都是一路小跑,那帽子上的铃铛,就会在你脑后叮叮当当地响。老远,娘就知道你回家来了。那个时候,我找你不用眼睛而是用耳朵啊! 一听铃铛响,娘就知你在哪。

看儿子摆弄着小铃铛,娘问:你找出这铃铛做啥用?儿子拿出一根长绳,拴住铃铛,对娘说,我把铃铛挂在我床头,绳的这头系在你床边,你夜里若有事叫我,一拉这绳,铃铛就响,我就会很快到你床前。娘看着儿子笑了,皱纹里满是甜润,满是幸福。

有一天清晨,儿子正在睡梦里,突然被一阵铃声惊醒。儿子一骨碌坐起,下床就往娘的床前跑。看到儿子急匆匆的样子,娘不好意思说:我儿,你别慌,我没事。儿子不相信,没事是不会拉铃铛的啊!儿子用手试了试娘的额头,额头不热啊,娘的脸色红润,神情安然。儿子纳闷了,问:娘,你到底哪儿不舒服? 娘说:我没事,我真的啥事也没有。

儿子觉得娘没有对他说真话,就假装生气说:娘啊,你没事咋会拉这铃铛呢?这铃一响,我就知道,你肯定有事。你是不是怕儿子害怕,不愿告诉儿子?母亲看儿子那慌乱的样子,就宽儿子的心说,娘不会有事的,娘还等着抱重孙,给重孙做虎头帽呢!儿子看娘真的安然无恙,悬着的心就放下来了。

可儿子还是有些不放心,就说,娘,你哪儿不舒服,或有什么事,你说就是。娘听儿子这么说,脸红了,说,我还真的有点事。儿子一听母亲这么说,说,娘,是什么事,你尽管说!娘指指窗外说:我看天亮了,是叫你起床呢。儿子一听,哎了一声说:娘,我定好了闹铃,还没到起床时间呢。

娘说:孩啊,以后别叫司机来接你上班了,别坐你局长的专车了。儿子更不解了,问:娘,为什么啊?

娘说:孩子,娘想以后每天早上就拉铃铛叫你起床。娘想让你早起一会儿,让你走着上班。儿子笑了说,娘,你是不是想叫我给公家省油啊?!

娘说:不是的,娘就想让你健健康康的,让你清清白白的。再说了,长脚是干什么的,是为了走路啊!有很多领导干部你知道是从哪儿开始变的吗?

儿子问:从哪儿啊?

娘说:是从自己不愿意走路开始变的。所以说他们一步走错就都步步错了。再说了,给公家省油不好吗?儿子说:好啊,当然好啊!

娘说,就是啊,所以说,人要想不忘本,就得常到地里种种庄稼。可这里是城里,没有地,那你只好走路了。

儿子知道娘想说什么,就说,娘说得对,以后就听娘的铜铃起床,走路上班。

娘开心地笑了,说:孩啊,就是啊,从咱家到你单位一共没有二里路,步行也就十来分钟,你天天让人来接你上班,娘在为你担心啊!

儿子说,娘,你放心,以后,我就每天都步行着上班!

听儿子这么说,娘的脸上开出了花一样的笑容。

一对好夫妻

美红把她的红色轿车停在"云天外咖啡馆"门前。美红常来这里,她喜欢这里的氛围,更喜欢一边听如丝如缕的音乐,一边静静品着那带着苦味的咖啡。只有这样她才能在纷忙中找回自己。美红是一家大公司的财务总管,紧张繁忙的工作,常让她感到心力交瘁。

"请留步,夫人!"背后传来一个男子的喊声,声音很轻,却让美红止住了脚步。她慢慢转过身看,男子三十多岁,五短身材,很壮实。幽暗的灯光下,男子的胖脸隐着些阴险的东西。男子说:"夫人,我有话对你说。"男子瞅瞅周围,是在观察是否安全:"是很重要的话,不过你听了不要吃惊。"美红很疑惑,此人我不认识啊!男子看出了美红的疑惑说:"你不认识我,我想以后你就会认识了。"

美红对这个男子有点反感,你喊住我难道就为说这一句话?

男子摇了摇头,嘴角露出了一丝笑意,说:"我开门见山说吧,你男人花钱让我跟踪你,叫我偷拍你和情人私通的照片。"

美红心里一惊,她定睛看着这个男人。

"不瞒你,我是私家侦探。"男子说,"你男人打算把我偷拍的照片拿到法庭上,作你们离婚的证据。"

"你难道就想对我说这些吗?"美红看着这个男人说,"无耻!"

男子说："夫人,你知道,若把证据拿到法庭上,将对你是不利的,特别在家庭财产分割上……"

美红心里如十五个吊桶打水——七上八下,可面色平静。她责问男子："你收了他的钱,不为他做事,却为何反来坏他的事?你的职业道德有问题!"

男子说："跟踪你这么多天,我发现,你不是你丈夫说的那样,我发现你丈夫骗了我。还有就是,这么多天以来,我对你产生了好感,我觉得你是一个高贵的人。"

"就因为这些?"美红不屑地瞄了男子一眼,"你不要说了,我明白你的意思。你要多少钱?"

"夫人,我真的没看错你,你真是个聪明人!"男子向美红伸出了拇指说,"我不是贪心的人,很容易满足。我要的不多,我只要你丈夫给我钱的两倍就可以!"

美红问："两倍是多少?"男子伸出一个手指。美红点了点头说："可以,成交!"

男子立刻喜形于色,说："夫人,你比你丈夫慷慨多了,仗义多了,他呀,标准的一个小气鬼,给了我那么少的报酬,还猪八戒倒打一耙,说我贪婪。"

看着男子那献媚的笑脸,美红感到一阵恶心,但她强忍着说："我给你这么多的钱,要你为我办一件事。"

男子自作聪明地说："我明白,夫人,你是不是要我拍他和女人私通的照片?也要拿到法庭上作证据?"

美红摇了摇头："不是,我不要偷拍,也不要他的所谓的证据,这些太下作。"

男子问："那你要我做什么?"

美红说："我要你替我好好收拾他一顿。"

男子拍了拍胸脯，说："这个，没问题。做这个事，夫人，你是找对人了！"

美红说："我要的不是承诺，我要的是结果！"

男子说："夫人，只要你兑现你答应给我的报酬，我肯定让你满意。"

美红说："好，那我现在就给你。"说着，美红从手包里拿出了一张现金支票，填上了数字，交给了男人。男子高兴地接过，用嘴吹了吹上面的字说："夫人放心，三天之内，我保证完成任务。"

美红说"不，我没有耐心等三天，明天晚上你就有机会动手。"

男子爽快地应道："我听你的，夫人，你说怎么办我就怎么做。"

美红说："明天晚上，我和他一起开车去机场送我儿子回美国，我儿子乘九点的飞机，然后我和他从机场返回。记住，你等候在从机场返回的路上，你知道那条路上有个环岛吗？"

男子说："那条路我很熟。"

美红说："你就藏在环岛的花丛里。等他开车接近环岛的时候，我找个理由让他把车停下，这时你趁机把他从车上拽下来，狠狠教训他一顿。"美红边说边想象着丈夫被打的狼狈相。美红又交代男子："你务必记住，千万不要下手过重，免得不可收拾。"男子想了一会儿说："夫人，这样做，他肯定会怀疑，怀疑是你策划指使的，会给你带来麻烦的！"

美红哈哈一笑说："这么做，我就是要他知道，是我策划指使的，叫他知道我没他想象的那么好欺负。不过，你打完之后一定要快速离开现场，不要让他抓住证据，没证据他就无可奈何，就只能哑巴吃黄连——有苦说不出！"

男子说:"你放心,夫人,这事对我只是小菜一碟。对了,以后若有什么大事用得着我,还请夫人……"

美红知道男子下面想说的是什么话,她截住男子的话说:"如果事情办得圆满,我相信,我们还会有合作机会的!"

男子听了,满脸绽放笑容说:"夫人,你放心,我一定不负所托。"说完,他和出现时一样,又快速地消失在喧嚣而又闪烁的灯火中。

看着男子消失的地方,美红猛然感到了一阵虚脱。她不免觉得一阵恶心。

第二天晚上,美红和丈夫送儿子顺利登机后,就从机场返回。丈夫驾驶着车,美红坐在副驾驶座上,眼睛始终盯着前方。汽车慢慢地驶近环岛,美红的心跳得越加厉害,都快从嗓子眼跳出来了,但她并不后悔昨天的预谋。她期待着将要发生的事情,期待着丈夫被报复的快感。此时的她装出若无其事,只是在期待着那一刻快点来临!

车离环岛越来越近了,马上就要到达了,五百米,四百米,三百米,二百米……此时丈夫突然把车停下了。美红的脑袋轰地一下,魂魄都吓飞了,她以为丈夫知道了她的阴谋。还没等美红反应过来,丈夫脱口说:"不好,有人出事了。"美红这时也看到了,通明的灯光里,一个人一动不动地躺在路中间,离那人十多米的路边,还横卧着一辆摩托车,摩托车轮子发出金属的寒光。丈夫立刻把车泊到路边,飞快下车,美红也紧跟着从车里跑出来。

美红和丈夫到了那人身边,一股血腥味和刺鼻的酒气扑面而来,男子迎面躺着,一看此人,美红蒙了,因为此人不是别人,正是昨晚收了美红支票要狠打丈夫一顿的那个神秘男子。看到丈夫那张成 O 型的嘴巴,美红也清楚,丈夫也认出了这个男子。

眼前的情景是美红万万想不到的。当然丈夫也不明白这男子为什么会倒在这里。美红偷看了一眼丈夫，丈夫神情很镇定，仿佛和这个男子从不认识一样。看着血泊中的男子，丈夫趴下身用手摸摸男子的鼻子，又摸摸头，说："还有呼吸，还有救，赶紧送医院！"

美红说："好，那我们就赶快。"丈夫把男子抱上车，让美红坐在后座上，用手托着男子的头。自己驾驶着车飞快地驶向最近的医院。

美红和丈夫把男子送到医院急救室，大夫一看，需立刻手术。很快手术室来了两个护士，把男子放在手术车上推走了。美红和丈夫紧跟在推车后面。

男子失血过多，要想手术，必先输血。

美红和丈夫站在手术室门前，只听护士长对大夫说：血库来电话，说今天 B 型的血全用完了，要和其他医院联系后，看看是否能从其他医院借来。大夫一听火了，吼道："开什么玩笑，都什么时候了？时间能等人吗？"大夫知道自己说话有点过，忙又对护士长说："救命要紧，赶快叫血库想办法弄来，如因此出现医疗事故，将要追究血库负责人的责任！"

是啊，大夫的话像一颗子弹一样打在美红的心上。她猛然想起自己的血型是 B 型，忙推开手术室的门，大声对大夫说："大夫，我的血是 B 型的，抽我的吧！"此刻正烦躁的大夫听了，脸上顿时露出了喜悦，他说："太好了，有血这病人的命就有救了。我代表病人谢谢你了！"接着大夫指使护士说："快去给她血液检查，如符合标准就快做抽血准备！"

护士领着美红要走。丈夫突然伸手把美红拽住，说："你不能抽，你太瘦了，抽那么多血你身体受不了。我输给他，你知道，我的血也是B型的！"看丈夫这么说，美红心里涌起一股暖流，她对丈夫说："你刚做完阑尾切除手术，身体虚，不能抽，还是抽我的吧！"话一出口，美红也有些不知道自己这是怎么了，自己怎么会脱口说出这些温情似水的话呢！

丈夫也有些蒙了，他也不明白自己为什么说出了如此体贴的话。她们相视了一下，又忙将目光移开。从那移开的目光里，彼此感到了久违的温情和温暖，犹如柔软的指尖，触在生命最敏感的须梢上。温情的目光里有微笑也有痛苦。是的，他们结婚快二十年了。共同生活的二十年里，彼此都有"够了"的感觉。在生活中，大事小事，大吵小吵，海绵一样一点点吸干了他们的激情。家变成火炉，焚烧着、消耗着他们夫妻间的感情和亲情。他们变得都不是原来的那个他和她了。他们相互憎恨、仇视，怀疑。丈夫怀疑美红有情夫，美红怀疑丈夫有情妇。他们的婚姻之所以能维持到现在，只是她们心中最爱的那个男孩——那个长着又大又黑的眼睛的儿子，支撑着他们将要坍塌的婚姻……

此刻救命要紧啊。美红看着丈夫，脸上荡起了久违的红晕。她对丈夫说："咱们两人都别争了，为了救人，咱们两人一起去输血，好吗？"

丈夫点了点头说："好！"

手术后的第二天，男子就清醒过来了。男子觉得自己只是睡了一觉。男子发现自己躺在四壁雪白的病床上时，他忽然想起当他骑着摩托车快到环岛时，迎面飞出一辆满载重物的大货车，他被大货车刺眼的灯光照得什么也看不见，又加上他和朋友刚喝完酒，神志恍惚，飞奔的摩托车径直撞在路边的花池上，之后就什么也不知道了。

男子出色的身体素质令医护人员赞叹不已。

护士对男子说:"你真是幸运啊,要不是那对好心的夫妇,你早就见马克思去了。是他们给你交的住院费,最感人的是他们两人都给你输了血。"

男子说:"我一定要报答他们。你能帮我找到那对好心的夫妇吗?"

护士说:"刚才他们还来过呢,大夫说你情况非常好,不用担心,他们就走了。"男子问:"他们是我的恩人,你能告诉我他们长什么样子吗?"

护士说:"她们两人是开着车来的。一看就是一对好夫妻,女人瘦瘦高高的个子,长得很洋气很高雅,眉心中间长着一颗黑痣。"男子心里豁然一动,忙问:"是不是男的长得很斯文,中等个,戴一副金丝边眼镜,开着白色奥迪车。"

护士说:"是的,是的,原来你认识他们啊!"男子没吭声,只是在苦笑,心里在说:怎么会是这样呢?怎么会是他们呢?……

不久美红和丈夫各收到一张汇款单。一分不少,那正是美红和丈夫给男子的"报酬"。汇款单的备注上写道:"谢谢你们!你们是天下最好的人,是天下最好的夫妻!"

送水工阿武

阿武在一家矿泉水厂当送水工。他干活卖力,手脚灵活,为人又诚实,不光老板喜欢他,顾客也喜欢他。

阿武心细,像个女孩。每送水到一家,他总是先把水桶放在门口,从口袋里掏出塑料鞋套套在脚上,再进屋。一点不像有的送水工,两脚泥两脚土的就进屋,送完水出去,留下两行脚印子,人家还要忙着拖地涮拖把。

阿武送水,带着一副白手套,特别白,白得晃眼,就显得阿武干净利索。阿武每天要送很多桶矿泉水。送一桶水,挣一块钱。阿武一天能挣七八十块。

阿武干起活来浑身是劲。四五十斤的水桶肩上扛一个,手里拎一个,一口气把两桶水送上六楼,依然是气定神闲,面不改色心不跳。阿武就这样一天到晚进东家,出西家,上楼,下楼,身影很是忙碌。

这天,阿武刚从外面送水回来,脸像刚出笼的馒头,热腾腾的。老板说,阿武,黄局长家要桶水,局长太太点名要你去送,快去。

阿武爽快地说了声好。

黄局长家住的是连体别墅,铁艺雕花的工艺大门很有西欧风格。院里种着各种花草,还有青石垒的小鱼池,金鱼在清亮的水里欢快地游来游去。

黄局长今天休息。虽常给黄局长家送水,但阿武极少遇见黄局长。阿武知道,黄局长管一个局的事,日理万机呢!

阿武见了黄局长有点拘束,腼腆地说,黄局长好。

黄局长正在剪花枝,看到阿武,他放下剪刀,笑着说,辛苦了阿武。好久没见你了,你好像有点胖了。黄局长没有一点架子,和蔼可亲,很有亲和力。

阿武感到温暖,就对黄局长笑了笑。然后他到了门口,从口袋里掏出鞋套,套上,进屋把矿泉水换到饮水机上,然后拿着空桶到院子里,摘下鞋套,要走。

局长挽留:歇歇再走,阿武,不急。

阿武迟疑了一下。局长就把一个小竹椅递给了他说:坐,歇会吧。

阿武想走,不想坐,又怕拂了人家局长的好意,就接过来不安地坐在黄局长对面。

坐在黄局长对面,阿武的心紧张得怦怦乱跳,不知该说些什么好。阿武觉得黄局长人真好,这样尊重他一个送水的,阿武简直有点诚惶诚恐了。

黄局长说,阿武啊,你阿姨(局长太太)常夸你,说你厚道、老实,是个好小伙。

阿武只是笑,不好意思地搓手。

阿武羡慕地看了一眼局长保养得很好的脸,他想起了远在乡下的父亲。父亲的年龄应该和局长差不多大吧,可父亲的脸瘦得像山枣核。

父亲在村里的砖瓦窑干活,每天下班回家,脸上都是灰,像刚出土的陶俑。一阵忧伤袭上心头,阿武暗下决心,好好挣钱,为父亲担一分责任,让父母过上好日子。

黄局长说:阿武,还没来得及谢你呢,上次多亏你,不然你阿姨就出大事了。

阿武说,不用谢,那也是巧了,碰上谁我都会那样做的。

原来,那次阿武来送水,正遇上局长太太突发心脏病,半躺在沙发里,面色蜡黄,满头是汗,呼吸困难,憋得嘴唇发紫,浑身哆嗦像筛糠。看到这种状况,阿武急忙拨通120急救电话,又从药盒里找救心丸,取出几粒,放到局长太太的舌下含着,把她轻轻扶在沙发上平躺下。几分钟后,120急救车赶来,局长太太才渐渐好转过来。

黄局长感激地说,真该好好谢谢你阿武,多亏你。你怎么也懂急救知识呢?

阿武脸红地说,有一次也是给顾客送水,碰巧有个老爷爷也是突发心脏病,他女儿叫我在一旁给她帮忙,我就记心里了。

黄局长说,你真是个有心人。你送水送了几年?

阿武说,一年。先前给人家开车。开大货车,送煤。

黄局长来了兴趣,问,你还会开车?

阿武有点羞涩地说,会开,有五年驾龄了。我高中一毕业就学开车,先给人家开货车从山西运煤炭。开了三年,老板总欠我的工钱,我生气就辞掉不干了。阿武说,我还推销过保险,卖过服装,当过保安。

黄局长笑着说,哈哈,你是多面手啊!

阿武的脸唰地红了。

黄局长问,你怎么没上大学。

阿武说,脑子笨,没考上。

这时局长太太从厨房里走过来,手里拿着一个削了皮的苹果,热情地送到阿武手里,说,阿武,吃个苹果。

黄局长也说,吃吧,你阿姨的心意!

阿武接过苹果说,阿姨,我拿着在路上吃吧,我得赶快回水厂,这是我的工作时间,还得给别的用户送水去呢。

黄局长和局长太太忙说,好,好,快去忙吧,有空来玩。

阿武说,谢谢局长、阿姨。

黄局长忽然想起什么,对阿武说,对了,先别走,等等。又对老婆说,去,拿点礼品给阿武,他回家的时候,好给他爸带着。

黄局长老婆询问的眼神问局长,拿什么?

黄局长说,拿两瓶茅台吧。

阿武一下慌了,茅台?那可是国宴用酒啊,是上等人喝的酒,和他爸从家门口的小铺子里打的两块钱一勺的散酒不能比的啊。那可是有福气的人喝的酒。他爸爸是穷人,别说喝,想也不敢想啊!

局长太太从屋里拎着两瓶茅台出来。

阿武慌忙摇头说,不,我不能要。

黄局长看阿武的神情就笑了,对太太说,看看这孩子,真是老实。

阿武说,俺不是老实,俺送水是有薪水的,怎么能再收你的礼物呢?

黄局长说,这和你的薪水无关,是你服务好,我们奖励给你的。

阿武说,干得好,也该老板奖励,也不该要用户的礼品啊。

局长太太说:孩子,拿着吧,你对我们服务好,我们报答你的一点心意。说着局长太太拉过阿武的手,让阿武接着。阿武猛然地摇头,把手放在了背后说,不,不,俺不能要你的东西,俺是有薪水的,老板照月就给俺发。如果要了你的东西,就是对俺的羞辱,俺就是孬;如果我收了,真的拿回家给俺爸,俺爸会劈脸给俺一巴掌的。俺爸俺妈对俺说,不是自己的东西,不能伸手。伸手人就短一截。做人一定要做得堂堂正正,那样你走在街上,脊梁骨才挺得笔直。

阿武说完,深深地鞠了一个躬,说了声对不起,然后转身走出局长家。

黄局长和太太看着阿武倔强的背影,呆了。

之后两人相视笑了,黄局长看着阿武越来越远的背影不停地点头说,好,好,好!

原来黄局长正想换司机,阿武这孩子很遂他的意。他已决定,就让阿武当他的司机!

保险柜里的秘密

丈夫去世得很突然,是心肌梗死去世的,死在他的奔驰车里。当秘书把丈夫的尸体交给石榴时,秘书泣不成声,对石榴说:董事长是累死的啊!他太敬业了,惜时如金,两天就签订了三个合作项目。他把事业看得比命还重,他的最后一口气流出的是浓浓的心血啊!

看着丈夫的尸体,石榴崩溃了,只觉眼前漆黑,一下子昏倒在母亲的怀里。醒来的那一刻,她只觉天塌了,她只觉丈夫走了,剩下她一个人活着还有什么意思,死活也要跟丈夫走。当石榴的目光碰到母亲的面孔时,心猛地一揪,疼得浑身一哆嗦。母亲因为担心她过度悲伤,一夜之间,两鬓全白了,脸也瘦了一圈。石榴猛然惊醒了:是啊,她为丈夫活着,母亲为她活着,她是母亲身上的肉啊!看着母亲痛苦,石榴知道,人活着,可不能光为了自己。这是丈夫生前常对她说的话,也是丈夫为什么为了他的公司这么鞠躬尽瘁的原因。石榴暗暗告诫自己,不为别的,就为母亲,她也不能放任自己的悲伤,血要咽肚子里,泪忍在骨头里。石榴擦掉了满脸的泪花,把拒人千里之外的痛隐藏起来。

丈夫是一家物流集团的老总,在当地同行中极负盛名,被圈内同仁称为帅才。丈夫早年毕业于上海复旦大学,并攻读了硕士

学位。丈夫文质彬彬，为人低调谦和。说丈夫是商人，石榴认为并不准确，丈夫虽身为财团老总，但闲时喜好读书作诗，石榴更愿意认为丈夫是个"儒商"。石榴深爱着丈夫，这种爱随着岁月辗转，年纪见长与日俱增。她将丈夫视为知己，生活上是她的主心骨，感情上是她的依靠和寄托。

丈夫是个工作狂，非常爱他的"物流"事业。石榴是个"宅妇"，对丈夫公司的事从不参与过问。在饭桌上，丈夫常对她侃侃而谈，描述他事业上的宏伟蓝图。看着丈夫对事业永远满怀激情和无限热爱，石榴不禁兴奋感动，对生活充满憧憬。

处理完丈夫的后事后，儿子很快就又回北京上大学去了。家里只剩下石榴和保姆两个人。母亲不放心石榴，担心保姆不能照顾好痛苦中的女儿，就和老伴商量好，暂时搬到石榴这里来住了。母亲用最贴心的呵护，关照着疼爱着女儿。

那天黄昏，夕阳浓妆艳抹，烧红了半边天，把白色的窗帘染成橘红色。石榴呆呆地坐在窗前梨花木的椅子里，眼前浮现着丈夫温和的笑容，感觉丈夫还活着，就在她身边。母亲走过来，在石榴身边坐下了。看女儿睫毛上挂着的泪珠，母亲心疼地说：孩子，你不能再这样折磨自己，人死不能复生啊！

石榴说：妈妈，我也这样想。可是我第一次感到这样孤单，妈妈，我太想他，真的好想啊！说着，石榴的眼里又溢满了泪水。

母亲说，孩子，如果你真的爱他，你就应该振作起来，以此来证明自己不会被痛苦打倒。被思念打倒。这样，他在九泉之下才会感到欣慰和放心啊！

妈妈说得有道理。可石榴一想起丈夫生前对她的忠贞不渝的爱，就禁不住悲从中来，泪眼汪汪。

石榴说：妈妈你还记得今天是什么日子吗？

母亲摇摇头看着女儿问:什么日子?我不记得了。

石榴哽咽着说:是我们结婚十五周年纪念日啊!

母亲轻轻哦了一声,想了想,叹了一口气说:是啊,今天的确是你们结婚十五周年的日子,时间过得真快,一眨眼的时间啊!

石榴说:妈妈,今天我想做一件事。

母亲顿时瞪大了眼睛,她知道,该对她说的,女儿自会告诉她。

石榴从椅子里站起身来,引着母亲走进丈夫的书房。书房还和丈夫在世时一模一样,丈夫喜欢干净,石榴还是每天叫保姆过来擦拭。石榴指着立在书房墙角的一个一多米高的保险柜对母亲说:我想把它打开。

母亲看看保险柜,又看看女儿说:我早建议你打开,你不打,今天为什么忽然想起来要打开?

石榴说:妈妈,我其实早就想打开了。可是我觉得,一定要挑选一个特殊的日子,一个有纪念意义的日子,这样打开有意义,更能表达我对丈夫的怀念和尊重。

母亲听了点点头。女儿太痴了,她被女儿的深情打动了。

石榴说:每年的结婚纪念日,他都会送我礼物。去年他特地为我定做了一个银制的化妆盒。石榴说着转身走到一个柜子前,打开一扇柜门,谨慎地捧出一个做工精湛,雕刻着龙凤花鸟的纯银制小盒子,让给母亲看。

母亲看了啧啧称赞:这个化妆盒,真是太美了!

睹物思人,母亲一阵心酸。她暗想,女儿再也不会收到这样精美的礼物了,今后女儿将面对孤独的苦和痛了。哎,人啊,真是生死一瞬间啊!

石榴问母亲:妈妈,你说保险柜里会不会有他早为我们十五

周年纪念日预备好的礼物呢?他常做让我惊喜的事。他也许是想等他出差回来时,送我一个大惊喜!

母亲被女儿问得不知如何回答,她摇摇头又点点头说:也许是这样,孩子。他是一个做事缜密,凡事都会早做准备的人。

石榴说:是啊,妈妈,我也是这么想。他会准备好礼物的,他不会忘记的。结婚这么多年,他从没忘记过我们结婚的日子;每个纪念日,他从没忘记送我礼物。他是一个太在乎我的人啊。石榴的脸上,升起薄薄的红晕:妈妈,知道我为什么这么爱他吗?那就是,世上没有一个人像他这样在乎我!

母亲说:是啊,孩子,他真的是最在乎你的人!之后母亲问:保险柜的钥匙和密码在哪里?

石榴说:我从没想到他会突然离去,我从未过问过保险柜钥匙的事。我到现在还没找到保险柜的钥匙呢!

母亲安慰石榴:别急,只要你确认它在这个家里,就一定会找到的!

石榴转身向客厅喊了一声"翠翠",一个二十多岁的姑娘应声跑过来。她是石榴家的小保姆。翠翠知道石榴喊她是什么事。她来到石榴身边说:石榴姐,你叫我找保险柜的钥匙,我找遍了先生整个书房的所有抽屉,也没找到。

石榴问:仔细地找了吗?

翠翠说,仔细地找了。我一遍又一遍地找,总共找了三遍。抽屉里的旮旮旯旯我都翻遍了,连钥匙影子也没见。

石榴说:那,那你再去我卧室找找,把所有的柜子都翻出来找,仔细点。

翠翠点头说,好,我这就去找。我会仔细找的,你放心!

保姆转身走了。刚走了两步,她忽然转过身,惊喜地说,我想起来了,我好像看到过先生把钥匙藏在哪儿。

石榴惊诧地看着翠翠。

翠翠皱着眉说:有一次我看见先生开保险柜拿东西,无意中,瞅见先生好像把钥匙塞在保险柜的底下。

石榴也回想起来,好像丈夫对她说过保险柜钥匙和密码压在那里,只是她没记住。因为保险柜里没存有她的一样东西。

保险柜的底座离地有5厘米高的缝隙。石榴指使翠翠,身子贴在地上,用细如线绳的铁丝,在柜子底下来来回回刮扫。哗啦一声,一只系着红绳的银白色钥匙,从柜子底下小老鼠一样欢蹦地爬出来。翠翠一把抓过钥匙,兴奋地递到石榴的手里。说,找到了,石榴姐,找到了!

等翠翠离开书房后,石榴并没马上打开保险柜,而是坐在保险柜对面的沙发上,手握着钥匙发呆。母亲不解地问:为什么不打开呢?难道是你不知道保险柜密码?石榴摇摇头说:密码,我知道,因为他使用的所有密码都是我的生日。一次他对我开玩笑说,你是咱家大管家,所有家产都被你看管着。

石榴拉起母亲的手,把保险柜钥匙交给了母亲。母亲被石榴的举动搞糊涂了。石榴对母亲说,妈妈,你替我打开吧,我没有勇气打开。

母亲接过钥匙,在手中握着,看看,犹豫了,说,孩子,还是你亲自打开吧。他如果在天有灵,一定希望你亲自把它打开。看石榴不说话,母亲说:因为,你是他的亲人,是他最信任的人!

石榴说:妈妈,我的心都快跳出胸膛了。我仿佛又看见了他。那保险柜就是他的身影,我听到了他的心跳,闻到了他身上的气息。

看着女儿幻觉中的幸福,母亲莫名其妙地紧张了。她默默地

审视着角落里那个散发着冰冷质感的神秘的铁东西,有所期待,也有些担心。真的,她也有些怕了……

保险柜终于打开了。当打开的刹那,石榴激动得心神恍惚。如石榴所料,保险柜里果真有一份礼物——一件非常珍贵的礼物——那是用红丝带系着的厚厚的一沓情书。最后一封是丈夫去世前一个星期收到的。寄情书的女人叫红。从情书上的时间看,她已和丈夫相恋了十五年。也就是说,丈夫和石榴结婚没多久就和这个叫红的女人好上了。

这突然的情书,让石榴无法接受。石榴觉得天旋地转,眼前一片漆黑。一切来得那么突然,就像丈夫的去世。石榴感觉到了自己是那么不堪一击,所有美好的感情都在这一瞬间破灭了,破灭得那么无情,那么干净迅速。

母亲站在石榴身边,望着痛苦中战栗的石榴,母亲的心在滴血。一次一次的打击怎么都让我这可怜的女儿摊上了呢!母亲将手轻轻地抚在女儿肩上,说:孩子,不要哭,你是幸运的。

石榴不知道母亲在说什么,就问为什么。

母亲说:孩子,你得到了一个有情有义的好丈夫!

什么?石榴以为母亲被气糊涂了,就说:我结婚十五年,他居然欺骗了我十五年,你竟然还说他是一个有情有义的好丈夫!

母亲冷静地说:孩子,我没有气糊涂,我很清醒。

石榴说:那你告诉我,我信任他,真心爱他,他却同另一个女人偷偷相爱了这么多年,难道这不是欺骗吗?

母亲说:孩子,如果他隐瞒你一天两天、一年两年,那是欺骗,可他瞒了你十五年。这十五年的忍受,你知道,这是对你怎样的一份感情啊!如果他不是爱你,他会把这段感情隐瞒十五年吗?那得需要多大的折磨和挣扎?

石榴满脸是泪,她说,他爱我是假,骗我是真!

母亲叹了一声,说,孩子,他没有欺骗你,他欺骗的是他自己。伤害的也是他自己!

石榴有些不懂母亲说的话了。母亲曾是一所大学的教授,是教文学的。石榴时常听不懂母亲一些话里的意思,越听不懂,石榴就越想问。石榴就问:什么?我不懂!

母亲说,不管他是真爱,还是假爱,可他依然做得像爱着你那样爱你。他把你的幸福看得比他自己的幸福更重要。这不是人人都能做到的啊。孩子,就算像你说的他欺骗你了,你还要认真去想一下,问问自己,他的欺骗是不是真的只是为了他自己!

石榴更迷惑了,她不能对母亲说的"道理"做出正确的判断。她喃喃地说:那个叫红的女人是谁?我怎么从没听说过。我现在就想知道:她是不是非常漂亮?是不是出身名门?她有什么资本和我丈夫苦恋这么多年?他们是什么原因走到一起的?

母亲劝石榴说:孩子,别想那么多那么透好吗?都过去了。一切都过去了。这是上帝的安排,只有上帝知道

石榴的心矛盾极了,但母亲的话还是使她冰凉的心得到一点点慰藉,爱的火焰又渐渐苏醒温暖起来。

生活中,丈夫确确实实对她好。丈夫给石榴的不仅仅是爱,还有亲情和友情,甚至略带一点点兄爱和父爱。丈夫每次出差回来,都不忘给石榴买她喜欢吃的东西,还包括她朋友的那份;工作再忙,一年里总也要找出一个时间陪石榴去她想去的地方玩,来弥补她一个人在家的寂寞;参加朋友的宴请,丈夫每次都会带着她去,并亲自给她挑选衣服……石榴重温着丈夫一幕幕的温存。这一切,她怎能忘啊……

母亲为石榴理了理额前落下的碎发,喃喃地说:孩子,你应该

谢谢他,他是一个善良的男人,他用自己的忍耐和牺牲,成全了你的尊严。石榴没有吱声,母亲说:孩子,这是一种境界,善良的欺骗,也是一种境界啊。

石榴空洞的眼神望着窗外匆匆行走的白云,脑子又乱又疼。

石榴想离开母亲到自己房间睡一会儿。她离开母亲时,无意看了一眼母亲饱经风霜的脸,心头突然掠过惊心的一幕。

一个月前,石榴陪母亲去医院看望一位老教授。母亲和老教授是同事。老教授终生未娶。那天,母亲来到老教授的病床前,弥留之即,老教授握着母亲的手,含混不清地说了石榴一直没弄懂的话。老教授对母亲说:我这一生做了一件最值得骄傲的选择,那就是毕业的时候和你留在一起工作,因为在你的身边工作,我从未有过烦恼,谢谢你,我会走得很幸福……说完,老教授安详地闭上了眼睛。母亲捧着着老教授安详的面孔,泪如雨下喃喃地说:你真傻,你真傻啊……

到底母亲为什么说傻啊,石榴当时如坠云雾。可如今,石榴猛然懂了。她望着母亲,她不知道她懂了母亲的什么。只是,心在隐隐作痛,为她,为母亲,更为她那已经去了天堂的丈夫……

春光无限好

他在街边摆了六年的报摊。

已是春天了,空气里散发着青草味、花瓣味,阳光洒在他身上,有着沁人的香,好闻。

他坐在凳子上等人来买报。他是个盲人。

有脚步声朝他走来,脚步走得很慢,很轻。他知道来的是位女士。脚步声在他的报摊前停住了。他问:买报,大姐?

女人说:我不买报。然后女人就没再说话。听声音,女人三十多岁,年龄和他差不多。他笑着说:不买没关系,你若走累了,想歇歇,我这儿有小板凳。说着,他从摊子下边拿出一个小马扎。女人从他手里接过小马扎,坐下了。停了一会,女人说:我就住在这条街上,我和你是邻居。

你和我是邻居?他说,是吗?你是新搬来的?

她对着他摇了摇头说,我在这儿住了六年了。

是吗?六年了,我也在这条街住六年了,怎么从来没见过你?虽然他是盲人,可他是能"看见"的,因为他心里有眼睛。他心里的眼睛像星星一样明亮。

她苦笑了一下说:可我认识你,我天天都来看你,只是没让你知道。他突然笑了,笑得很开心,他觉得她的话很有意思,她在同他开玩笑。她慌了说:你别这样笑,我说的都是真话。

他笑得更厉害了,说,你天天来看我,是来看一个瞎子的吧?是觉得瞎子很好笑是吧?

她说,不不,不是的。她说你理解错我的意思了。她说,八年前我就认识你,那时你还是一位很帅气的青年,很多姑娘都喜欢你。

他的神色一下变得黯然,他陷入了过去的回忆中。他问:你也知道那场火灾?女人说:我怎么会忘记呢?哎,那场火太大了。当时全市的人都知道,那场灾难使这整座城市疼得发抖。他说:是啊,那场火灾,烧掉了整个化工厂,死了五十多个员工,还有上

百人落下终身残疾。

女人说:是啊,不堪回首啊!他问女人:你还记得有个青年,从火海中救出六个同事的事吗?女人说:记得,一辈子都记得,我怎么能忘呢?永远不能忘啊!女人仿佛又回到过去的时光,她悠悠地说:那时的报纸、广播、电视都在宣传他的事迹。那时全市的人们都为他祈福,期盼菩萨保佑他,早日渡过生死关,让他重获新生。最后,他没有让这个城市失望,没有让全市的人失望,他坚强地活过来了。可不幸的是,他的眼睛却永远失去了光明。

他笑着说:当年那个救出六位同事生命的小伙就是我,谢谢你,谢谢你还能记得这件事,还能记得我!其实有什么不幸啊,我的眼睛虽然看不见了,你看看我现在不是过得很好吗?一双眼睛换回了六个弟兄的生命,值,很值,太值了!别说失去了一双眼,就是丢了命也值得啊。假如再让我活一回,我还会这么去做的!

女人呜咽了。他被她搞蒙了,正不知如何安慰。女人忽然声音颤抖起来,说:刚子,我是梅红,是你的梅红啊!

他一下蒙了,站在那儿一动不动。过了好一会儿,泪水顺着他的面颊流下来。他说:梅红啊,你怎么会在这儿?自从那场火灾后,你突然从我身边走了。梅红啊,你的心怎么那么狠?你丢下我,你把我当成了沉重的包袱,扔得那么干净利索!梅红啊,你可知道,那可是我生命垂危、最需要你抚慰的时候啊!

他听到了梅红轻轻哭泣声,马上自责起来:对不起,我太自私了。他心疼地说:你别哭啊,梅红,我说得不对。他长叹了一口气说,如果当时你不离开我,我会更痛苦的,梅红,你没有错。

梅红的哭声还在继续,只是声音压得比先前更低了。他就越发地不肯原谅自己了。他说,我真的是太自私了。梅红,我不能连累你一辈子,你应该有自己美满幸福的生活。

梅红摇摇头说:刚子,你错怪我了。你还记得我当初对你许下的诺言吗?无论发生什么,无论何时何地,我都愿意把一切给予我所爱的人。她想,不论如何,今天都要把真相告诉刚子。她说:刚子,其实这八年来我一直就没离开过你,一直和你生活在这条巷子里,我就在你的身边。

刚子知道她为什么这么说了,他摆了摆手,哀求她:不要说了,不要再说了好吗?他明白,他的心得硬。不硬,他的心就会软。他大着声音说:我的眼睛瞎了,我是一个瞎子,而你一直就在眼前看着一个瞎子生活着。你是在嘲笑我吗?他的声音大得夸张,引得好奇的行人扭着头看他们。

梅红不知道刚子为什么情绪这么不稳定,无论刚子怎么令她难堪她都能忍,因为这个人是她最心疼的人,是对她至关重要的人!等刚子平静下来,她慢慢地说:刚子,你知道吗,我也和你一样,我也成了瞎子,我也是个盲人!

梅红的话虽然很轻,但却像巨雷猛击在刚子的心上,他被击蒙了,击傻了,他的眼前变得白茫茫一片,那是寒冬的大雪啊……

梅红说:就是你们化工厂发生火灾的那天傍晚。我站在你们厂大门口等你,当时约好了,你下班后一起去看电影。当我看到你从厂房里走出的瞬间,我刚要跑过去,突然你身后传来化工原料爆炸的巨大响声,接着厂房里腾起强大的烟雾,那些有毒的气体从厂房的破门窗里直往外涌。就在那时,我看到你转过身向厂房里跑去,接着又是几声爆炸声。我知道,你是去救你的同事和工友。我对着你的身影拼命地喊,喊你出来,快出来。那个时候,我真的怕,我好怕啊! 就在你转身救出六个工友的时候,你的身上着火了,我忙过去给你扑火,可这时一个滚动着的化学桶突然在我面前爆炸了……当我醒来的时候……刚子沉默着,但他的心在流泪。

梅红突然笑了说:哎,不说了,那都是过去了。刚子,你知道吗?梅红的脸红起来了,她说:我今天来找你,是来告诉你一件事。

刚子说:什么事?

梅红说:我从盲文学校毕业了。

刚子说:那太好了!

梅红说:我今天来,是来向你求一件东西的。

刚子说:什么东西?梅红,只要我有的,我会给你的!

梅红说:是爱。我今天来是来向你重新求爱的。我以前一直想来找你。但我想我不能自理,不但不能照顾你,还要你照顾,我就忍下了,苦学生活自理的本领。我昨天刚刚领到了盲文毕业证,下个星期我就有工作了,这几年来,我还学会了洗衣做饭,我完全能照顾你的生活。刚子,我现在有做你妻子的资格了……

刚子叫了一声梅红,接着,他的手就紧握住了梅红的手……

我们的孩子

那是一个阳光明媚的日子,路边的梧桐花开了,紫色的花朵,在阳光里绚烂成一片片灿烂的霞。不过,我此时的心情坏透了,坏得一塌糊涂。因我正在路上骑着自行车,突然车胎被路上一根来历不明的铁钉扎爆了。后车胎立刻瘪了,车把猛一打晃,我差点从车座上跌下来。幸亏我腿长,两脚及时着了地。

我刚从超市买了两袋大米,是50斤一袋的,都绑在后车架上,自行车就有些不堪重负。可我不能停在这里不走,我只有去前面找个修车的把车胎修好。

我使出全身的力气,推着车子走。车轮咯噔咯噔地咬着地,像耍赖的孩子。我抬头看,前方二百米,有一个常年修理自行车的摊子。

推着走几步,我就累得满头大汗。此时我真盼着有人能来帮我,推推车。可这里是条小路,行人不多,即使有,也是骑电动车或摩托车的,从我身边一闪而过。无奈,我只能眼巴巴地靠自己了。

就在我弯着腰再向前推车时,猛然虚闪一下,顿觉车子轻了许多,扭头向后一看,不知从哪里冒出一个十二三岁的男孩,撑直双臂,撅着屁股,帮我推车呢。我又惊又喜,一边擦汗,一边扭头对我说:谢谢,谢谢你,小朋友!

男孩抬起脸,灿烂对我一笑,说:不用谢,阿姨。

虽然只是回头一瞥,可我却深深看清了男孩的眼睛。那是一双天使般清澈纯净的眼睛啊,又黑又亮,仿佛一潭清水,眼神里含着单纯甜美的快乐。我禁不住再次转过头来看这双迷人的黑得有点发亮的大眼睛。我忽然想起一首诗:爱神在这里居住,月亮神赋予它灵感。

到了修车的摊子前,男孩帮我一起把车脚架撑起停稳,又像小大人似的检查车子站牢了没有。他确信车子的确牢靠了,才微

笑着对我说：阿姨，再见，我回家了。这时我发现他身后背着一个沉沉的书包。我说：你刚放学啊？孩子，累到你了！

男孩说；能帮助人是愉快的事，我很高兴能给阿姨推车。

我问男孩：你上几年级？他告诉我是六年级。我说：真的谢谢你，小朋友，你快回家吃饭吧，你妈妈一定做好午饭在等你快点回家呢！男孩高兴地说：是啊，我还有弟弟妹妹呢，我妈每天都做好饭等我们放学回家。我羡慕地说：你妈妈好棒啊，有那么多孩子。我又问：你家住哪儿？离这远吗？男孩说：不远，就在那里。我顺着男孩手指的方向看去，不觉心头一震，有一种被什么击中的疼痛感，那感觉令我始料不及。

那是一片新建的住宅，是一片花园式高档小区，也是我们这个城市最漂亮的楼房。那是一座"儿童村"，是我们当地政府专为四川和玉树的地震孤儿建的新家园。在"儿童村"里，每个家庭都有一个专职的妈妈，每个妈妈负责六个孩子的衣食住行。我一下明白了男孩说的"弟弟妹妹"。

阿姨，再见。男孩朝我挥手。我回过神来，忙朝孩子摆手说，孩子，再见！男孩又对我一笑，然后像只快乐的小兔子，一边蹦跳着朝回家的那条小路"走"去，一边回头朝我摆手，那双又亮又黑的大眼睛里满是甜美的笑。

修车的老伯问：他不是你的孩子？我说不是。猛然我知道我说错了，忙说是啊，他是我的孩子！老伯纳闷了。我说：他是灾区的孩子，是咱们的孩子啊！老伯仿佛明白了什么似的，他看着孩子的背影喃喃地说，是个好孩子，真是个好孩子啊……

儿子的作文

你在写什么,孩子?爸爸来到儿子的身边问。

儿子从书桌上抬起头来说:我在写作文,爸爸。我准备参加全市中学生作文大赛。

好,好好写,儿子,争取获奖。爸爸抚摸着儿子乌黑的脑袋鼓励着说。

爸爸,我也是这么想的。我要争取得一等奖。我要把这篇作文写得跌宕起伏、脱俗不凡,要深深打动评选老师的心,让评选的老师过目难忘。儿子信心十足地说。

好,有志气!那你能把写的作文先念给我听听,把我当作你的第一个评选老师,好吗?

可以,这没什么秘密。不过,你听了以后先不要吃惊。我这只不过是写的一篇作文,一个虚构的故事而已,不是真实的事。真的爸爸,你千万不要当真。儿子有些不好意思地对爸爸反复解释。

你念吧,孩子,我不会吃惊。爸爸觉得儿子的样子很可笑。

儿子端起作文本,稚声稚气地念道:我很爱我的爸爸,爸爸是我最崇拜最爱戴的男人,他不但学识渊博,而且十分谦虚,我为有这样的爸爸感到骄傲和自豪。

谢谢儿子,你这样赞美我让我很惭愧。爸爸谦虚地说。

儿子继续读他的作文,声音却骤然低下来,表情也不太自然:

天有不测风云,爸爸突然不幸身患绝症。

什么? 爸爸惊愕地瞪大眼睛。我的身体很健康呀,我根本就没病。

爸爸别误会,我不是已经告诉你了,这是写的作文,是虚构的故事。这样写是为了更有吸引力,更能抓住老师的眼球。只有曲折感人的故事,才能牢牢抓住评选老师的心,才是获奖的第一步。儿子郑重地强调。

好吧,你继续念吧。爸爸讪讪地说。

儿子重新端起作文本,正准备继续往下读,爸爸突然说:儿子,别念了,我已经迫不及待地想知道得了绝症以后又发生了什么事,你干脆告诉我吧。

儿子说,很简单,当然是医治无效很快就去世了,而且还给我和妈妈留下了一大笔医疗债务。

爸爸不禁打了一个寒战,脊背凉飕飕的,又问,再后来呢?

再后来就是我和妈妈相依为命,过着极其贫困艰难的生活。为了替妈妈分担忧愁,为了和妈妈一起偿还看病欠下的债务,我一边刻苦学习,一边放学后瞒着妈妈到饭店给人家涮盘子洗碗。我不能让妈妈太辛苦,我要让妈妈生活得和爸爸在时一样好。可是天有不测风云,厄运再一次向我袭来,妈妈突然也患了和爸爸一样的绝症。

爸爸像是被电棍击了一下,猛地一哆嗦,坚决反对说:太离奇了,孩子,哪有那么巧的事,不可能。你不能这样写。

完全可能,爸爸。这叫情理之中,意料之外。这是写作技巧。只有这样写才能突出一个少年坚强不息,才能令人感动。

爸爸生气地质问儿子,你不觉得这样太离谱了吗?老师和同学会相信吗?

那没关系,我相信这篇作文一定会给老师留下深刻的印象,并且是一篇令人称奇、催人泪下的优秀的作文。儿子不以为然。

你为什么肯定是一篇优秀的作文?

难道你不懂现在越是离谱的越是奇奇怪怪的事,越能抓住人心吗?本来我打算写一篇勇救落水儿童的事,可是我们班有个同学已经这样写了。我不能和他雷同,所以我又重新构思了这一篇。

爸爸态度平和而又严肃地说:孩子,我认为你应该写真情实感,写真人真事,写爸爸妈妈对你的爱,写老师同学对你的爱。你记得期终考试前,你突然得了急性阑尾炎住院,同学老师为了不让你落下功课,每天用课外时间来医院给你补课,这是多么好的素材,多么值得珍惜的情意啊。

儿子哈哈笑了,说:爸爸,这是什么时代了,不能那么生搬硬套。谁没帮助过别人,我不是也给别的同学补过课吗?这样的事也太普通了太平常了,没意思,不刺激。我要写出一流的水平,要得第一,要出名!

出名?出什么名?爸爸显露出担心的表情。

出名你不懂吗?就是被别人羡慕,被别人赞美,出类拔萃。对了,出名还能发家致富呢,你看看电视上的那些大明星。儿子愉快地解释说。

爸爸越听心越慌,看着儿子滑溜的脸说:儿子,你应该学会鉴赏,什么样的赞美和羡慕是有价值的,是珍贵的。美好的品德和情操比出名更重要,要当心,不要因为想出名使你变成坏小子。

儿子看着爸爸严肃的神情,流露出不满,说:爸爸,你放松点好不好?一副杞人忧天的样子干吗?不就是一篇虚构的作文吗?我不会令你失望的,我一定会成为你骄傲的儿子。我明天还等着

把作文交给老师呢,你快睡觉吧,别在这儿耽误我的时间了。

第二天放学,儿子的心情格外好,一回到家,就赶忙给爸爸报告好消息,说,爸爸,我把作文卖了,卖了五十元。

爸爸大惑不解。儿子说,我的一个同学看我写的作文非常出色,比他写得强多了,就给我五十块钱,买了我的作文。

爸爸很惊诧,问:那你怎么办?儿子说:那还不容易,一会儿我再写一篇,反正明天交给老师也不算晚。

看着儿子兴奋的样子,爸爸半天没有缓过神来……

我在 A 星球

我见到姑妈了!千真万确,真的见到了。你可能会笑话我,见到姑妈有什么稀奇?谁没有?大惊小怪!告诉你,真是稀奇事,因为我姑妈不再是地球人,早成外星人了!

当我在飞碟的太空舱里看到我姑妈的时候,我以为产生幻觉见到了我死而复生返老还童的奶奶呢。哎,姑妈和奶奶年轻时简直是一个模子刻的,像极了。

听爸爸说,姑妈三岁时,跟着邻居家的孩子一起出去玩,走丢了。后来被一个外星飞碟掠走了,带到别的星球上。后来姑妈所在的那个 A 星球给我们家发来信息,说姑妈已加入他们的星籍。从此姑妈就变成了外星人。

姑妈这次来地球执行任务,任务完成了,姑妈就想起了家人。同伴一看就知姑妈在思念地球上的亲人,用他们的仪器一找,就把我找着了。之后,他们就把我给"请"来了。

姑妈先不信我是她的亲人,她给我验证了 DNA,一看我们是一样的,就又在她们的一个仪器里观看了我大脑里遗传的信息,在信息里她看到了自己的影子,才确信我是她的亲侄子。然后姑妈才见了我。

姑妈见了我那个亲啊,先是笑,后是哭,泪水自来水似的流。她紧紧地抱着我。姑妈知道奶奶爷爷已不在人世后,就把我抱得更紧了。姑妈说一定要把我带到外星去,让我跟在她身边,她发誓要好好疼我爱我,让我享尽在地球上无法享到的福,给我一个幸福快乐的人生,否则就对不起死去的爷爷奶奶。起初我是不愿跟姑妈去外星球的,因我对那未知的外星世界有顾虑。可我又不好意思辜负姑妈的疼爱,不愿伤她的心。经过了一番激烈的思想斗争,我怀着对外星世界的新鲜好奇和美好憧憬,跟随姑妈前往 A 星球。

我先是坐着飞碟飞到了 A 星球,接着,我又坐着姑妈的私人飞船,到达我姑妈在 A 星球的家。

就在我从飞船舱里走出来的刹那,我后悔死了,后悔真不该来!一出飞船舱门,我闻到了从没闻到过的——和我居住的那个城市截然不同的空气。这里的空气太清新干净了,清透清透的,慢慢吸一口,人一下子变成透明的玻璃人。但我闻惯了我生活的那个城市被污染的——常年笼罩着灰色雾霾的空气,那种使劲吸一口保准能增加二斤体重的空气。现在突然在这样干净的空气里行走,反而不适应了。我感到头晕目眩,浑身无力,心情简直糟透了。我在心里对自己说,要快点离开这里,赶快回到生我养我的地球。

我紧张起来,问姑妈,这里的空气不会使我的肺和气管受到

伤害吧？比如急性气管炎、急性肺炎、甚至呼吸突然停止之类的呼吸道疾病？姑妈听后笑了，说，小傻瓜，尽管放心，科学反复证明，呼吸新鲜空气对人体只有益处，不会有任何损害。我不解地问，既然大有益处那我为什么不流眼泪也不打喷嚏呢？在我居住的那个城市，每天都会使我不停地流眼泪，打很多的喷嚏。

姑妈说，是呀，正因你呼吸了被污染的空气，才会流眼泪打喷嚏呀。我说，据有关资料报道，流眼泪对眼睛有保护作用，能使眼睛里的污垢及时排出；打喷嚏能增强人体的抵抗力，对预防感冒尤其有效。所以每天早上一起床，我就一个劲地打喷嚏。有一次我连续打了2小时，打得我精神抖擞，意气风发。之后为了补充消耗的体力，我喝了两杯牛奶，吃了六个鸡蛋。我的身体这么强壮，就是这样锻炼的！姑妈好像听不懂我的话，莫名其妙地看着我，自言自语:怎会这样呢？是不是因他们现在工业比过去发达了，口袋里比过去有钱了，地球人就变异了？

我脸红耳赤地问姑妈，你们这个星球上能找到被污染的布满尘埃的散发着呛人气味的空气吗？先让我闻一闻，我快难受死了。哪怕先让我闻一小会儿呼吸一两口也好。我说我实在受不了这新鲜的空气了。姑妈很为难，但看我难受的那个劲，于心不忍，她心疼地看着我说，要不然就给你条当抹布的毛巾吧，用它你把鼻子捂上，试试能否使你舒服一点。我忙接过姑妈递给我的抹布，捂住鼻子，啊，太舒服了！

为迎接我的到来，姑妈在厨房忙活了半天，给我做了一桌丰盛的饭菜。姑妈一边看着我，高兴得像个孩子。她不停地劝我多吃点，还不停往我碗里夹东西。我虽饿，饿得前心贴后背，恨不得把桌子也吞下去，可我就是不敢动筷子，不敢把香喷喷的饭菜放到嘴边。姑妈看出我有顾虑，说这些饭菜都是原汁原味原生态的,是最纯的绿色食品,不用担心。其实姑妈哪里知道,我担心的就是这个绿色食品问题。你想我在我们地球的家里吃惯了添加了苏丹红、瘦肉精、三聚氰胺之类化学物质的食品,我的肠胃已经丧失了消化绿色食品的功能,我的消化系统已经对纯绿色食品产生了抗体,如果吃下了这绿色的食物,轻则可能使我的肠胃过敏、消化不良,重则可能中毒导致半死不活或中风偏瘫或立刻毙命。就是没有这么严重,不会过敏不死亡,我也害怕,变成像童话里的大头娃娃呀。想想,多可怕啊!

  我生病了,病得还不轻。可又不知病根在哪儿,坐立不安,我每日每夜像拉磨的驴在屋子里转。我不停地到屋外看天空,盼着有尘埃飞腾。有时莫名其妙地跑到山谷去,跑到周围的小树林里去,去寻找难闻的被污染的空气,寻找流淌着黑水的河流小溪。我顿顿饭菜都渴望吃到有苏丹红的鸭蛋鸡蛋,向往有瘦肉精、三聚氰胺的猪肉、牛奶,事实证明,在 A 星球,我的愿望就是白日做梦。可我已习惯成自然,因为这都是在地球养成的,无法改掉这种癖瘾。无论姑妈怎样安抚我,怎样用有理有据的科学道理开导我,都是徒劳。我也非常恨我自己,为什么就不能适应没有污染的干干净净的空气?就不能吃绿色的食物呢!哎,这到底是为什么?

  为了能让我过从前幸福快乐的生活,姑妈只好含泪答应我重新回到我生活的那个地球。可一想到我辜负了姑妈对我的疼爱,望着姑妈的 A 星球,我不禁落下泪来。

儿子要发言

妈妈……

孩子,不要说话。快吃饭,吃饭的时候不要说话,要不然饭一会儿就凉了。

妈妈……

不,孩子,赶快吃吧。看妈妈给你做的饭多好吃。这些菜都是你最爱吃的。这是牛肉,这是鱼,这是鸡,哦,还要吃些青菜。来,妈妈给你夹。一定要营养齐全,不然就长不强壮。

妈妈……

不,不,孩子,不着急,一定要先吃饭,等吃完饭再对妈妈说你有趣的事,好吗?你忘了,妈妈常告诫你说,不要吃凉的东西。吃凉的容易得胃病。对,孩子,就这样吃,多吃。等你吃完饭,你想给妈妈说什么,妈妈都爱听,我的宝贝,你是妈妈的心头肉,是这个世界上妈妈最疼最爱的人。

妈妈……

别说话,我的宝贝。妈妈什么都会答应你,就是你冲妈妈扔东西,冲妈妈脸上吐唾沫,在地上打滚……干什么都行,唯独吃饭不准说话。你知道饭对你多重要吗?你现在太瘦了,与同学比,你的确太瘦了,也比他们矮。你要听妈妈的话,多吃饭,好好吃,争取比你任何一个同学都长得高长得胖,这样你才不会被他们欺负,才能在他们欺负你的时候勇敢自卫。不,不应该自卫,强者是不需要自卫的,强者是等他们还来不及动手的时候,就把他们扔出去,叫他们不敢碰你!你是我的儿子,我的儿子,记住了?要做强者。叫他们谁见了你都躲着走,都低着头走,叫他们不敢抬头看你,就像兔子见到了老虎,或见到狮子那样……

妈妈……

孩子,不要说话,好好吃饭。哎?你这孩子,你笑什么?

妈妈,刚才你碗里落进了一点东西。

什么东西?妈妈什么也没吃出来呀。笑什么?到底什么东西,我的宝贝?

一个小动物。

小动物?

啊!在哪?什么小动物?

是只苍蝇。

苍蝇?我怎么没看见?在哪?

你已吃下去了……

妈妈再也坐不住了,立刻跑去卫生间,呕吐起来……

叶子要转学

上数学课的时候,叶子忽然想起,课桌下的抽屉里,有一块她咬了一小口的巧克力。

一想起下课时只咬一小口还没来得及吃完的那块巧克力,叶子肚子里的馋虫就开始闹腾,心就痒痒地慌,就不能安心听数学老师讲课。

叶子实在难忍那美味的诱惑。叶子吃过许多巧克力,却从来没吃过这么好吃的。那是世界上最有名的巧克力——瑞士莲啊!纯正的瑞士风味,浓香馥郁,放在嘴里就融化。这是爸爸前几天出国考察工作时,特意从瑞士给她买回来的。

叶子脑海里不停浮现着那块巧克力,口水不由自主地流出来。她舔了舔嘴唇,想,此刻要是咬上一小口,那该是多么美妙的事情啊……

叶子是个文静胆小爱面子的女孩,可今天却做出了一个大胆的举动:她趁数学老师转身往黑板上画三角形的空儿,迅速把那块巧克力塞进了嘴里……

该叶子倒霉啊,就在叶子紧张地把巧克力放进嘴里在仔细品咂巧克力的时候,数学老师猛地转过身来,一下子把叶子逮了个正着。

其实这也算不上什么大事,叶子的举动并没有影响到其他同学正常上课。若是别的老师,碰见这种事,可能简单批评叶子几句,或给一个严厉点的眼神也就过去了。叶子今天偏偏遇到的是全校最以严厉著称的数学老师。在数学老师的眼里,叶子的行为,是绝对不能容忍的,容忍了,那是她的失职,更是她的耻辱。数学老师认为,学生在她上课的时候偷吃东西,何止是不尊重她,简直是在刺激她的神经,是在向她挑战。数学老师看着叶子,瘦黄的脸涨得通红,她像被突然点着的爆竹,大声吼道:给我吐出来!随着数学老师的一声断喝,全班同学的目光,一齐聚焦在叶子身上。叶子吓得顿时把脸藏在下巴里,不敢抬头,把嘴里的巧克力赶快吐了出来,攥在手心里。数学老师并没就此罢休,她拍着面前的讲桌,命令道:把吃的东西全都交到这里来!叶子顺从地站起身,把口袋里剩余的几块全都掏出来,离开座位,交到讲台上。虽然叶子的座位,离老师的讲桌只有几步远,可叶子却觉得步履维艰。

叶子把巧克力放到老师面前的讲桌上,转身要走。老师又问:这是全部吗?口袋还有藏的吗?叶子立刻摇摇头,眼睛却一直不敢看老师那张恐怖的脸。叶子刚走了两步,想赶快坐到自己位子上,这时数学老师却又改变了主意,说:回来,去,把这东西给我扔出去,扔到教室外头去,不要在我眼皮底下叫我心堵。数学老师皱着眉,做出一副恶心的样子。叶子转过身,含着泪,走到课桌前,抓起巧克力,低着头,顺从地把巧克力扔在了教室门外的垃圾桶里。回到座位上,刚坐下,数学老师大吼一声:谁让你坐下的?站起来!叶子条件反射似的弹起来,此时叶子委屈的泪水夺眶而出。

叶子可怜的神情,比语言更能打动人心啊!同学们也为叶子抱屈,可敢怒不敢言。同学们认为老师对叶子的处罚有点过分了,应该到此为止了,因为叶子一直是个不错的女孩,团结同学,学习也勤奋。数学老师看着叶子说:你就站在那儿吧,就站到下课。然后她又把目光转向全班同学:昨天我刚给你们上完思想教育课,上课不准吃零食,不准喝水,不准看小说,不准交头接耳。我整天苦口婆心,耳提面命,想尽一切办法叫你们好好学习,将来考上重点高中,只有考上重点高中,才能考上重点大学,才能叫老师安心,才能叫你的家长放心。我昨天的话还没凉呢,今天就有人敢以身试法。好啊,不怕是吧?我说了不算数是吧?好啊,我要叫你们知道,我决不允许有任何违纪行为在我眼皮底下发生,决不纵容。最后数学老师又把目光定格在叶子脸上。

叶子孤零零地站在座位上。叶子感到被羞辱到了极点,她对

数学老师的愤怒也到了极点。但她只有克制着自己,她不敢发怒,不敢反抗。同学们偷偷地看她,打量着她,目光里流露着同情和怜悯。

在全班同学面前出丑啊!站在那里,叶子越想越觉得丢人。她清秀的小脸显得有点苍白,屈辱和痛苦令她永世难忘。她真不知道,自己这样站着能否支撑到下课,她有种马上要瘫倒下去的感觉,但她还是坚强地挺直着腰背,像棵任性的小杨树,固执地一动不动,可她的心却好痛好痛,这痛都变成了对数学老师的恨。在叶子有生以来的十三年里,她一直在爸爸妈妈爱的哺育下成长,像这样的屈辱,从来没有过。

叶子想,等放学回家,她要把实情告诉妈妈,请求妈妈给她换一所学校。她敢保证,妈妈知道了她所受到的屈辱,一定会想办法帮她离开这里。

她真的是这样惩罚你的吗?妈妈一脸愤慨地听完叶子的哭述。

是的,妈妈,我绝对没说谎。叶子可怜巴巴地看着妈妈。

妈妈帮我换一所学校吧!我再也没有脸见我的同学,没脸走进那所学校了,那个地方太让我伤心了。说到这儿,叶子气愤了,说,妈妈,数学老师简直就是一个巫婆!

孩子,你不能这样骂老师,你违反了纪律,理应受罚。妈妈的话仿佛一石激水,叶子一下爆发了,对妈妈大声哭喊道:妈妈,你知道当着那么多同学的面我是多么无地自容吗?是我错了,我可以给老师给同学认错。可老师不该无视一个女孩子的自尊啊!

看到女儿伤心地为自己辩解,妈妈改变了态度,顺着叶子说:是的,孩子,妈妈懂你的心,你说得有道理。此时此刻妈妈明白,用温柔的母爱来抚慰女儿的创伤,比批评更有效。

妈妈,求求你,帮我换一所学校吧,倘若不给我转学校,我再也不上学了,我以后就在家给你们做饭,干家务,当小保姆照顾你们。叶子向妈妈表明自己的态度。

妈妈说:你的数学老师,是教学上是最优秀的教师,她对学生严格要求,但是对于感情和道德却往往忽略了,她那恶劣的坏脾气,真是缺乏做老师的品质啊。孩子,我从不赞成老师体罚学生,尤其是女孩子,我也不相信你数学老师的这种教育方式会比态度温和的教育方式更有益。妈妈知道,此时她说什么女儿都听不进去,不如就用这个办法吧。她想了想说:好吧,孩子,妈妈尊重你的要求,等一会儿我去你爸爸的办公室找他,商量一下,看给你换哪所学校更合适。

叶子一下振奋起来,脸上露出了难得的笑容,说:妈妈,你一定要同爸爸好好商量,爸爸只要同意了,转学的事就能办成。爸爸的好朋友张浩叔叔可是咱们这儿的教育局长,张浩叔叔只要开口,保准能给我转个好学校。

妈妈说:是的,我也这么想。你放心,爸爸会答应你的,因为你是爸爸妈妈的心肝宝贝。爸爸若知道你今天被老师这样羞辱,他一定会很气愤的!

是的,叶子的确是爸爸的心肝宝贝,爸爸把叶子放在嘴里把化了,捧在手里怕摔了。只要叶子高兴,爸爸就高兴,叶子不高兴,爸爸也不快乐。叶子知道妈妈说的是真话。

妈妈的理解和信任,也使叶子内心的痛苦得到了缓解,叶子心里舒服多了。下午叶子没去上学,她再也不愿走进那个学校,走进那个叫她不堪回首的教室,她宁愿一辈子不上学。

叶子信心百倍地等待妈妈的好消息,准备到新的学校上学。她发誓,到了新的学校,一定要克服缺点,做一个好学生。

果然,快吃晚饭的时刻,妈妈回来了,妈妈从爸爸那里带来了好消息。爸爸工作忙,每天总是很晚才回家。妈妈对叶子说:爸爸已经通过张浩叔叔给她找好了新学校,再过三天,也就是下星期一,你就可以到新学校正式上学了。

妈妈说:你的数学老师恐怕要倒霉了,我把她怎么体罚你的事给你张浩叔叔说了。你张浩叔叔说,他要责令你们学校的领导,对数学老师这种教育方法进行批评,并对她优秀教师的称号重新评估。很可能,学校领导要找你,调查数学老师对你造成的心理伤害。

妈妈的话让叶子愣住了,叶子没有妈妈想象的那样高兴。叶子轻轻地说:妈妈,这样对我的数学老师是不是不公平?

妈妈说:管它什么公平不公平,只是能让我们的叶子出气就行了!

叶子看妈妈这么说,就低着声音说:妈妈,我不换新学校了,我还是在这个学校上学,还是做数学老师的学生。

妈妈有些吃惊了,但妈妈内心却是什么都明了,她知道,叶子中计了。她故意吃惊地看着叶子,问:为什么?为什么不换学校了?你张浩叔叔已经给你调换好了呀。

叶子说:妈妈,如果我换了新校,数学老师一准被学校批评,若是数学老师的"优秀教师"称号被学校取消,那可就更糟糕了。

妈妈说:她糟她的,咱不问。咱只要高兴就行!

叶子说:妈妈,人不能这样自私啊!再说了,数学老师是一个很要强、很爱面子的人,她很难接受如此难堪的结果,她会很痛苦的。

妈妈被叶子突如其来的宽容感动了。妈妈问:孩子,难道你不记恨数学老师了吗?难道你忘了数学老师给你的屈辱和伤害了吗?

叶子轻轻摇摇头,说:妈妈,你可能不了解数学老师的家庭情况,我们数学老师好可怜,她儿子患有"自闭症",今年都十三岁了,和我一般大,生活还不能自理。我想,数学老师的坏脾气都是被他儿子急出来的。妈妈,我以后好好听课,遵守纪律,认真学习,不叫数学老师上火,数学老师就不会惩罚我了。你说对吗?妈妈。

妈妈点点头,怜爱地看着女儿,此时女儿的眼睛是那么晶莹,那么纯洁。

梅子要去杭州

梅子是刘老师家招来的小保姆,长得很讨人喜欢,黑葡萄样的大眼睛,忽闪忽闪的长睫毛,一笑露出两个深深的小酒窝。

梅子突然向刘老师提出来不想再做保姆了,想走。

刘老师很愕然:梅子,我们一家待你不好吗?

梅子知道刘老师理解错她的意思了,忙解释:不是的,刘老师,你一家人对我很好,非常好!梅子用"非常好"来强调她的心情。

的确,刘老师一家对梅子很好,他们疼梅子爱梅子,从不拿异样的眼光看梅子,不把梅子当佣人与当农村来的孩子看。每当刘老师和夫人休息在家,他们就放梅子的假,让梅子去逛街,或叫梅子去找朋友玩。刘老师说这叫接触社会。刘老师还给梅子订了

《辽宁青年》《读者》等杂志,让梅子闲时阅读学习,增长见识。刘老师常对梅子说:书是宝贝,有空要多读,书能帮你多长心眼,教你长大成人。梅子是个性格温顺单纯的孩子,刘老师交代的话,她懂。她知道刘老师是对她好。

梅子告诉刘老师:她要去一个叫杭州的地方。前两天梅子在街上遇见了她从小一起长大的小姐妹。小姐妹对梅子说,她就要去杭州的一个鞋厂打工了。小姐妹从前去过杭州。她告诉梅子:杭州好美丽,是人间天堂,那里有个湖,叫西湖,是全世界最美丽的湖。外国人都夸呢!梅子被打动了,心就像春天里已破土露出芽的草尖尖,对外面的世界充满了渴望与好奇。

梅子告诉小姐妹,她早就知道西湖,那是她梦想的地方。她问小姐妹,能带她去吗?小姐妹问梅子,真的想去?梅子重重地点点头。小姐妹说,既然你真想去,那,那我就带你去!梅子兴奋极了,她就要去那个被称作人间天堂的地方了……

梅子向刘老师说出了原委。刘老师先是沉默,后又愉快地说,你能按照自己的想法安排将来的生活,我支持。明天我就把你在这里的工钱结清。我给你买张去杭州的火车票,并亲自把你送上车。刘老师没挽留她,这让梅子很意外,原觉得刘老师要挽留一番的,没想到刘老师答应得这么爽快。梅子有些感激和激动。她想,自己的命真好啊,第一次出门工作,就遇到了这么好的人家。看来,世上还是好人多啊!

第二天吃过早饭,刘老师把梅子叫到客厅。刘老师坐在梅子的对面,手里拿着一个鼓鼓囊囊的信封,里面装着梅子的工钱。刘老师说,梅子,你的工钱算清了,都在这里。刘老师指指信封。梅子看了看刘老师,心里有些酸楚,她想马上就要离开了,她很留恋这个家,有些舍不得走。这个家给了她许多温暖和快乐。

刘老师说,梅子,你在我们家总共干了六个月零十天,每月八百元,那十天的钱也算进去了。钱都在这里,一分不少。梅子很感激地看看刘老师,又看看装钱的大信封,心里好幸福。这么多钱啊,她从来还没见过那么多钱呢。梅子想,等拿到钱以后,自己就留一点点,剩下的全寄给家里。想到这里,梅子眼前浮现了爸爸妈妈苦涩而喜悦的笑脸。梅子刚要用手去拿信封,刘老师用手按住了梅子的手说:梅子,慢!

梅子一惊,愣愣地看着刘老师。刘老师说:梅子,你再听我说,我不能给你这么多,我要从这些钱里扣除五百块。

梅子惊愕了,她木然地看着刘老师的脸。刘老师说:你来的时候说好的要在我家干满一年再走,可你才刚刚半年就不干了,你这叫违约。违约就得扣违约金,所以我要扣掉五百。刘老师不慌不忙地从信封里拿出五百元。梅子蒙了,当初是说在他家做一年的,不过也讲好了,若梅子想提前离开也可以,没提什么违约金的事啊!为人正直的刘老师怎么一下变样了,这是她敬重的那个刘老师吗?梅子搞不懂了。看看刘老师从信封里抽出那五张粉红色大钞,梅子心里针锥似的疼,抽一张她就疼一下。可她没吭声,算是默认了。刘老师看梅子默认了,就笑了笑,又说:梅子,你还记得吗?上次我买了一双鞋子,回家来一看号码搞错了,我叫你帮我拿到鞋店去换,可你走在路上把买鞋的发票弄丢了,结果人家鞋店不承认是他们店卖的不给换,那鞋到现在还躺在鞋盒里。这个错误是你造成的,所以我还得从你的工钱里,把那双鞋钱扣出来。刘老师一边说,一边不紧不慢地又从信封里取出好几张百元大钞。

刘老师的这一抽钱,把梅子的心抽得冰凉冰凉的。原来刘老师是个心口不一的恶人啊,他原来的善良和慈祥都是假的!梅子眼里一下子噙满了泪,她努力不让那泪流出来。此时的她,翘翘的鼻子上冒出细细的汗珠,成了一个叫人可怜的小姑娘。可刘老师并没就此住手,又找理由从那个信封里抽钱了。刘老师说,你前几天打扫卫生,不小心把我得的一个奖杯摔坏了,那个奖杯虽不是我花钱买的,它给我带来的荣耀和美好的记忆是多少钱也买不来的,它的精神价值对我简直太重要了。你把奖杯打坏的那个晚上,我心疼得一夜也没睡着。本来我想这件事就这样过去吧,可是一想到我的痛苦,我还是得从里你的工钱里面扣除一百元,这叫精神损失费……刘老师显得很难过。梅子的眼泪哗地流出来了,她明明知道刘老师这是在有意找理由克扣她的工钱,可她什么办法也没有,只是默默流泪,一言不发。最后刘老师把信封拿起交给梅子,说,好了,梅子,这是你应该得到的工钱。梅子只好默默地从沙发上站起来,怯怯地走到刘老师面前,伸手把信封接过来。接过钱的那一刻,梅子想,我终于看清了你是什么人!

当梅子转身要离开,刘老师叫住了她。梅子转过身,脸上已成了泪河。刘老师看样子很气愤,指着梅子问,梅子,我这是从你的钱包里抢你的钱,你为什么不抗争?你为什么就这么情愿接受别人的安排?梅子被刘老师的指责说愣了,她呆呆地看着涨红了脸的刘老师。刘老师把刚才从信封里拿出的钱全塞到梅子手里,说,梅子,我是在考你,到了外面,当你遇到不公平的事,当别人欺负你的时候,你会不会反抗?你这孩子太单纯善良,你这样的软弱的性格怎么能到社会上去闯呢?你让我怎么能放心你呢!

梅子明白了刘老师的苦心,他这是给即将踏上社会的她上课呢!看着刘老师,梅子深深地弯下腰,给刘老师鞠了一个躬。

马小虎请客

今天是周末。刚放学,马小虎就对徐豆子说:"午饭别回家吃了,咱俩下馆子。"马小虎和徐豆子是同班同学,都上五年级,两人好得像穿一条裤子。

下馆子,好啊!徐豆子说:"我妈正好上午不回家,叫我在家随便吃点。"接着他又说,"不过你得请客,我一分钱也没有。"徐豆子把两个裤袋掏出来给马小虎看。马小虎说:"我也没钱,只有两块。"马小虎掏出两个硬币给徐豆子看。

一看马小虎也没钱,徐豆子拉长了脸:"那还下什么馆子,两块钱吃个屁!?"

马小虎诡异地笑了,一拍胸脯说:"有钱下馆子哪个不会?没钱下馆子才叫有本事呢!你放心,今晚你跟着我,保你没钱也能吃得满嘴流油!"听马小虎这么说,徐豆子有些不相信:"你真有那么大本事?别吹牛吧?"马小虎拂袖要走。徐豆子看马小虎生气,忙赔笑脸说:"信,我信还不行吗?"马小虎说让徐豆子配合:"等吃完了饭,你看我眼色行事。"徐豆子有些不放心问:"能行吗?不会被抓住送派出所吧?"马小虎说你怎么怕这怕那的像个小女孩?别怕,出了事我负责!

看马小虎信心十足,徐豆子也来了勇气,问:"去哪个酒店?""福来顺酒店。"

徐豆子吓了一跳,那可是这条路上最豪华的酒店。马小虎说:"豪华的酒店吃起来才刺激嘛!"

福来顺酒店,装饰豪华誉满全城,来这吃饭的都是些体面人。两人顺利进了酒店,并有一漂亮的服务小姐引导他们到饭桌前。徐豆子从没进过这么豪华的酒店,乍一进,被流光溢彩的灯光映得两眼奕奕,精神亢奋,不停地用赞许的眼神看马小虎。马小虎显然比徐豆子见过世面,看徐豆子这么兴奋,显得很自豪。

马小虎拿过菜单,很老练地要了四菜一汤。有鱼有肉,还有一个鲜味乳鸽汤。徐豆子佩服得五体投地了。

徐豆子大快朵颐,恨不得把乳鸽汤全喝光。看徐豆子吃得这样香美,马小虎脸上乐成一朵花,能让自己的好朋友吃得这么愉快,很有成就感。

不一会儿,两人都吃得嘴上油光光,脸儿红扑扑,肚子圆滚滚,撑得饱嗝一个接一个。

吃饱了,该回家了吧?徐豆子偷偷看马小虎的眼色。马小虎眨了一下眼,示意他先溜。徐豆子读懂了小虎的意思,站起身,没事人样地离开饭桌,走出了酒店的旋转大门。看徐豆子的身影消失在大门口,马小虎磨蹭一会儿,接着也起身朝大门走。要出门时,服务小姐拦住了他,说:"同学,买单在那边。"

马小虎晃了一下神说:"还没吃完呢,我出去打个电话就回来,这里面太吵!"他是故意找理由。服务员说声对不起,接着就跟在他身后。看服务员跟得紧,马小虎心虚,没敢走远,站在酒店大门前,装着打了一会儿电话,又回到座位上。

马小虎一看很难骗过这个服务小姐,就一边拿牙签剔着牙一边说:"把账单拿来。"其实服务小姐早把账单算好了,随手递给马小虎。

马小虎接过账单边看边算,故意磨蹭时间。服务员站在那儿等了半天,不耐烦地说:"同学,你算好了吗?我不能只为你一个人服务,还要忙其他顾客呢!"马小虎抬头看了看服务员,知道骗不过去了,无奈地摸摸脑门,嘿嘿笑了两声:"我只有两块钱……"服务员说:"不会吧?你小小年纪不会骗吃骗喝吧。"马小虎觉得受到侮辱,顿时瞪起眼睛说:"我没钱结账,不等于不付账。"服务小姐问:"没钱咋付?"马小虎说:"我记账!我把饭钱记在我爸的账上,让我爸爸付!"

服务员问:"你爸是谁?"马小虎头一扬,得意地说:"我爸是谁?这个酒店就是我们家开的。"服务员愣了,恍然大悟地说:"你是我们总经理的儿子马小虎?"马小虎笑眯着眼说:"没错,你也知道我的名字啊。"服务员说:"我虽然是新来的,但来的第一天就听大家说了。你这么出名的调皮鬼谁不知道啊!"马小虎瞄了一眼服务员问:"这回能记账了吧?"服务员说:"能不能我做不了主,得去问问我的部门领导。"

不一会儿服务员回来了说:"就算你是马总的儿子,可马总说,不管是谁,不准任何人以他的名义记账。"马小虎很吃惊:"真是我爸说的?"服务员点了点头。马小虎问:"我爸还说什么?"

"马总说,你没钱不付也行,这个周末你必须来酒店打工,偿还饭钱。"马小虎万万没想到爸爸会这样,爸爸对他可是百依百顺,异常疼爱啊!马小虎生气地说:"我才刚刚十三,叫我来打工,他这是使用童工,是违法的!"服务员说:"要不就送你去派出所,这也是马总说的。"马小虎受不了,扔下服务员,一口气上了二楼,推开他爸的办公室,大声嚷道:"爸爸,是你说的叫我打工还吃饭的钱?"

马小虎的爸爸正在老板桌前写东西,儿子蛮横的样子没让他吃惊,他平静地说:"是的。"马小虎说:"你说的话你可要负责任,

你不要为你说过的话后悔!"马总笑着问:"我后悔什么?"马小虎说:"和你断绝父子关系!"马总笑了说:"好啊,断绝父子关系,你就要自己去养活自己!"儿子听了爸爸的话嘿嘿地笑了两声说:"叫我自己养活自己,哼,没门!"

马总一看马小虎这样,就缓下了语气说:"我的小虎是乖孩子,对了,别生气了,你把这份文件到饭店对面的复印店复印一份。"

看爸爸这么说,马小虎只好从爸爸的手里接过,不情愿地去了。

回来后,马小虎看到爸爸的办公室里到处是丢的纸团,就说:"爸爸,你也太不讲卫生了!我刚才在屋里,还没见这么脏呢!"

爸爸说:"那你就帮爸爸打扫一下吧!"

马小虎只好拿过笤帚帮爸爸把办公室打扫了。看马小虎忙完了,爸爸又吩咐小虎把他办公室窗台上的两盆正在开着的菊花搬到下面酒店的大厅去。花盆不小,当两盆花都搬完时,小虎已累得气喘吁吁。

这时,爸爸把三百元放在了案头说:"今天下午,你给爸爸打工,给爸爸做了很多事,这是爸爸给你的工钱,去,把欠的饭钱还上!"

看爸爸这么说,马小虎猛然明白爸爸一个下午为什么让他干这干那的。他拿了钱,爸爸用手抚摸着他的头说:"孩子,你要记住,世上没人会无缘无故替你还账,想还上债务,只有靠自己勤劳的双手。"

银蝴蝶发卡

苗子背上长着一个馒头大的肉坨,生下来就有。两岁时爸妈坐火车带她去北京大医院看,大夫的话让苗子爸妈一下凉透了心。大夫说:这肉坨得永远背着,不能割。割了,苗子一辈子就站不起来了。

肉坨像小包袱,驮在苗子背上,使苗子不能像正常的女孩子那样穿好看的衣服。苗子今年十二岁了,上五年级。女孩子天性爱美,从懂事起苗子就生活在自卑的阴影里。苗子不敢抬头走路,害怕看见人家的目光。因为苗子心里压着块石头,这石头让她笑不出来。

文老师是苗子的班主任,是城里分来的大学生。文老师二十六七岁,是苗子最敬重的老师。苗子觉得文老师就像自己的妈妈。

文老师最疼爱苗子。因为身体的特殊原因,文老师对苗子的关爱比别的同学要多得多。苗子每有一点点进步,文老师都会欣喜若狂。最近文老师发现,随着苗子的个子越来越高,女孩已到了有梦的年龄,因背上的肉坨,文老师时常看到苗子独自坐在教室里流泪,泪水滴到作业本上,滴到课桌上。看到这儿,文老师心里很不是滋味。文老师暗暗想,无论如何,她一定要让这个孩子抬起头来走路,面带微笑生活。

这天放学了,苗子静静地跟在同学们后面,最后一个走出教室。

　　文老师在身后叫了一声苗子。苗子不知道文老师叫她有什么事，停下，低着头站着。文老师说：苗子，我有一件小礼物送给你。

　　老师送她礼物，苗子既惊喜又不太好意思。

　　同学们都放学走了，这时教室里只有文老师和苗子。窗外的桐树正在开花。文老师从口袋里掏出一个小纸包说：这是人家送我的，我觉得戴在你头上更好看。纸包打开了，啊，是一个闪闪发光的银色发卡，发卡是蝴蝶形状。

　　文老师问：好看吗？苗子使劲地点头。文老师把发卡送到苗子手里。拿着发卡，苗子的眼里闪出泪光。文老师说，苗子，你的头发又黑又亮，戴上这发卡准好看。苗子没说话，苗子不好意思。但心里很乐意。苗子从没戴过这么好看的发卡。妈妈也从没给苗子买过，只会给她在脑后扎个马尾巴。

　　文老师用手指当梳子，轻轻给苗子梳了梳头发，把那只闪闪欲飞的银蝴蝶别在苗子的头发上。文老师的手那么柔软，苗子感到无比的温暖。发卡戴好了，文老师说：苗子，你真漂亮！苗子不信，文老师把小镜子递给苗子。苗子端详着镜子里的小姑娘，她不敢相信镜子里那个水灵灵大眼睛的小姑娘就是自己。苗子已经不记得她有多长时间没照镜子了，她没有勇气照，她觉得自己太丑，那丑来自背上的肉坨……苗子看着镜子里的自己微微笑了，她的笑容好似门外的春天的阳光那么纯净，那么光彩照人。苗子激动得流泪了。

　　文老师说，苗子，快回家给妈妈看看，你好漂亮。妈妈肯定从没见过苗子这么漂亮过。苗子被文老师激动的情绪感染了，她使劲地点点头。苗子好像看到了妈妈惊喜的笑脸。

苗子走向回家的路。今天她第一次感觉到，背上的肉坨变轻了，变小了，没有那种压得她喘不过来的感觉了。苗子心里洋溢着从没有过的快乐，她觉得自己变成了头上那只美丽的银蝴蝶，她想飞。走着走着，苗子发现有不少目光在看她。开杂货铺的爷爷，卖牛奶的阿姨，修摩托车的大哥哥……啊，他们全都用诧异而惊喜的目光看着她，眼睛里闪着关切的目光。苗子想，他们一定看到我头上的银蝴蝶了，他们一定喜欢我头上的银蝴蝶……他们的目光，让苗子的脸儿不由发热。苗子天天走在这条路上，那些和善的爷爷、奶奶、叔叔、阿姨们都想同她说话，可她总低着头，从不对谁说话，一副拒人千里之外的样子，她现在才知道，自己太没礼貌了！她真该向这些好心人道歉。想到这里，苗子就勇敢地把头抬高一点，让脸上的笑更灿烂一点。

苗子也想起了妈妈，妈妈是个农民，天一亮就起床给爸爸做早饭。爸爸吃完饭就到离家十多公里远的城里去打工，干建筑。妈妈就去地里干农活。从地里回来，还有一摊子家务活。一年到头妈妈手脚不停闲。妈妈和爸爸只想一件事，那就是多给她苗子挣钱，多给她苗子攒钱，等她长大了，有很多的钱，就不怕她的身体有缺陷，就能过上好日子了。所以家里的存折上写着她的名字。妈妈总是把爸爸挣的钱，掰出一半存到银行里，留给将来的她。苗子觉得自己太对不起妈妈，长到这么大，她对妈妈没有笑过几次。

一进家门苗子就大声喊妈妈，妈妈被苗子的举动惊呆了。她不敢相信这快乐的声音是女儿发出的。妈妈忙从灶房出来，看到女儿的脸儿像一朵含苞待放的花朵，一下把她拥入怀里。苗子问，妈妈，你看我漂亮吗？妈妈仔细看了看女儿，和早上出门时没有什么两样啊，但看着女儿这么高兴，就说，漂亮，我的苗子就是

漂亮！

苗子把头伸给妈妈看,妈妈,你看我的发卡好看吗？文老师送我的。妈妈看着苗子黑黝黝的小辫,不解地说:什么发卡,你头上什么也没有啊。苗子不信,忙跑去照镜子。啊？苗子惊呆了。发卡呢,不是一路上都戴着吗？怎么会丢呢！丢哪儿了呢？苗子转身要去找,迎头碰见进家门的文老师。

文老师看苗子着急的样子,笑了,说,苗子,你看,蝴蝶结在我这儿呢！苗子接过银蝴蝶,紧紧地捧在手里,说,真巧,文老师,被你拣去了。

文老师摇摇头说,发卡根本就没丢。

苗子纳闷了说,咋会没丢呢？

文老师说,你照完镜子,我就偷偷给你摘下来了,发卡一直在我这儿。

苗子糊涂了,她不解地看着文老师。文老师抚摸着苗子的头发,语重心长地说:苗子,你的美丽不是蝴蝶发卡的功劳,因为你本来就是个美丽的姑娘。有时抬起头就是一种美。只要你昂起头,微笑会使你更可爱,更美丽！

儿子的军礼

中年男子来到武警部队门前,说:我找钱多多。站岗的士兵皱了皱眉头,中年男子忙说:我是他爸爸。站岗的士兵向他敬了个军礼,说:请你稍等。之后进了值班室,拨了内部电话。

没一会儿,一个穿着军装、英武俊朗的青年从兵营里健步走来。早春的阳光映照着他清纯的笑容。他一看门口的中年人,脚步迟疑了一下,之后又快步来到中年人面前说:爸,你怎么又来了?我知道,你又来劝我,我可是决心已定,我要继续留在部队,不退伍!

他的话,像火苗,一下把中年人心中的汽油桶点着了。中年人用眼瞪着小伙子:你给我再说一遍,你当真要继续留在部队?

嗯,当真!

当真不退伍?

当真。我已把申请书交给队长了。叫钱多多的士兵在回答爸爸的问话时,不看爸爸的脸,只看着远处。

队长怎么说?爸爸问。

队长很高兴,说我准能留下。

中年人气得一时无语。过了一会儿,中年人压了压胸中的气,心平气和地说:你下个月就满两年兵役,该退伍了,我和你妈都眼巴巴地盼你回家,咱家的厂子十万火急地需要你。我没有帮手也不行。我整天忙得想分身。你应该懂得替家里分忧,替我分担!你留在部队,是想逃避家庭责任,是自私!爸爸的脸涨得通红。

钱多多的爸爸是私营业主,经营着一家食品厂,厂里有上百号工人,生产一种叫"食香脆"的饼干,销往广州、深圳,生意很是红火。当初多多选择当兵,爸爸妈妈都蒙在鼓里。多多是从大学里应征入伍的,直到多多要随带兵的军官走了,多多的爸妈才知道。虽不同意儿子去当兵,可一想,部队是个大熔炉,是锻炼孩子意志最好的地方,再说,两年就退伍了,说过就过去了,很快的。爸妈还是高高兴兴地把多多送进部队。没想到,到该退伍的时

候,多多硬要继续留在部队,这叫多多的爸爸很是意外。多多是独生子,他极力想把多多培养成接班人,接好他的班,继承家业。爸爸接着说:看看你的同学高东,早就开公司做老板,现在开上奔驰了;还有人家王好,和你一般大的年龄,现在是总经理助理,年薪十几万,人家都在为自己的将来奋斗。男人要工作挣钱,没钱一切都行不通,这是当今社会的现实。

钱多多不想与爸爸争论,也低声对爸爸说:虽然我已服满两年兵役,可以退伍,可我是队里的技术骨干,是部队里急需的人才,我应该要求留下,继续做一名消防兵,继续为部队服务。

中年人看自己这么苦口婆心地劝还是不起作用,就厉声说:你真是榆木脑瓜不开窍,瞧你那木讷样,难道缺你一人当兵,部队就垮了?

钱多多说:钱是好东西,但它不是我追求的唯一目标。对我而言,当兵是我最大的荣誉,爸爸,我会成为你最自豪的儿子。

爸爸看样子已失去了耐心:我等你再重新决定,不然我就去找你的队长找教导员,再不成,就去找你的司令员,看你的话算数,还是我的话算数。说完,他扬长而去。

看着爸爸远去的背影,多多站在那里,有些傻了。爸爸的话让他害怕,他知道爸爸的脾气,说到做到。如果爸爸真找到领导那里,他继续留在部队的心愿就可能化为泡影。多多心头一热,他想起了妈妈,妈妈是他最贴心的人。他想,如果他把心里话告诉给妈妈,妈妈会理解他,支持他!

多多向部队领导请了两个小时的假,回家了。多多所在的武警部队,和多多的家在同一个城市。当时,多多得知自己被分配在家门口当兵时,很不开心。他觉得自己的远大抱负打了折扣。队长看他有情绪,对他说:你若是块金子,在哪都会发光。多多牢记了队长的话,他要做一块金子。

多多昂首挺胸走在路上,吸引来不少尊敬仰慕的目光。多多感觉做一名军人光荣和自豪,也更坚定了要把心里话告诉给妈妈的决心!

部队虽离家很近,但多多有半年多没回家了,部队纪律严明,部队才是战士的家。

多多按响了门铃,妈妈在家。妈妈疼爱地盯着儿子看。在母亲的眼里,儿子高大健壮的个子,乌黑的眼睛,45码的大脚,都是最美最出众的,最值得骄傲的。母亲看儿子进家,慌得就像家里来了什么贵客似的,脸上溢着幸福的光晕,她一会儿给儿子削苹果,一会儿又给儿子剥橘子,激动得不知做什么好。

妈妈说:你下个月就退伍了,我把你的房间都收拾好了,你去看看。妈妈拉着多多的手,来到他的房间。手被妈妈领着,多多心里涌起一股说不出的暖流,多多想起小时候,妈妈常这样领着她的手去公园,去外婆家。那时候,他可是妈妈的乖孩子,更是妈妈的骄傲!谁有这么懂事而又英俊的孩子不骄傲呢!妈妈说:多多,妈给你收拾的,满意不?多多环视着被妈妈收拾得焕然一新的房间:四壁琳琅的书画整齐干净,床头桌上琉璃的工艺台灯晶莹剔透,窗台上的鲜花生机勃勃,美丽的环境,亲情的气氛,这一切一切,都是他睡梦中常常梦到的,是他梦寐以求的啊。可是,他更热爱部队,他是一名消防兵,对军人的荣誉有着无限向往。

多多对妈妈点了点头说:谢谢妈妈!

妈妈说:傻孩子,谢什么谢,我是你妈妈啊!说着妈妈的眼红了:多多,妈妈时常做梦梦到你回家了,醒来就是不见你,妈妈好想我的多多啊!说着妈妈的泪就流了出来!

多多给妈妈擦去眼泪,他用试探的口吻问妈妈:爸爸告诉你

我的决定吗？妈妈点了点头,用泪眼望着多多说:孩子,为了妈妈,你能改变吗？多多没言语,只摇了摇头。妈妈眼里蒙上了一层阴影,动情地说:孩子,你知道吗,你爸爸坚决要你退伍,并不全是要你帮他做事,接他的班,你爸爸最担心的是你的安全！多多的心一动,有一种异样的感觉从心里涌了上来,他目不转睛地看着妈妈。妈妈说:自从你当了消防兵,我和你爸爸,天天为你担心,唯恐有什么意外。我们就你一个孩子啊！妈妈的话震动了多多的心灵,他没想到,爸爸妈妈为他承担着这么大的压力。妈妈说:上次植物油厂失火,你们队去参加灭火,你爸就一直站在救火现场外,急得他恨不得让你出来,他替你上去。他在现场一站就是三个小时啊,直到大火扑灭,你们平安归队,你爸才放下心回家,从那以后,你爸就落下失眠症,有时整宿整宿不合眼。现在一听救火车叫,他的心就像被人一下子摘掉似的。你爸说,你要是再当两年消防兵,他非得疯了不可！孩子,难道你就不为我和你爸着想？听你爸的话,回家吧,好吗？妈妈的话让多多的心里激起阵阵涟漪,爸爸妈妈为什么要急着让他退伍,说起来还是为了他的安全啊！

  他觉得自己是个不孝的儿子,那一刻,他真想答应妈妈,我马上退伍,可装在胸前口袋里的东西时刻在提醒着他:你不能这么做,因为你是一个兵！他知道此时说什么话妈妈都不会理解的,他注视着深爱他的妈妈,默默地从胸前的口袋里拿出一件东西,那东西用红布包裹着。当多多一层一层打开红布,终于露出那个物件时,妈妈的眼光顿时就亮了,惊喜地说:呀,奖章啊！好儿子,你立功了呀！妈妈抑制不住激动,惊喜得声音有些颤抖:我早告诉过你爸爸,你不会让我们失望的,你会干出成绩的,好儿子,我们为你自豪啊。

钱多多看着妈妈绽放着像花一样的笑容,却异常地平静,他轻轻地摇了摇头。妈妈问,孩子,怎么了?钱多多深深叹了一口气说:妈,这不是我得的奖章。妈妈问:那是谁的?钱多多说:是我班长的。妈妈脸上的笑一下子凝固了。妈妈知道,多多和班长是最好的朋友,可妈妈那凝固的眼神里满含了疑惑和疑问。钱多多知道该向妈妈说出事情的原因了,就用很低沉的语气说:就是半年前那次植物油厂的火灾,作为消防队的战士,我和班长都参加了那次灭火任务。现场火浪滔天,浓烟滚滚,班长高大魁梧,我和他握着水龙冲向火海,两个多小时后,火势得到有效控制,这时班长松了一口气,没料到,这时已经烧坏的屋梁落了下来,班长见状把站在屋梁下的我推到一边,而他自己的双腿却被这个屋梁砸断了……妈妈,班长是为了救我才被屋梁砸断的,不然,砸断双腿的该是我啊……多多哽咽着说:后来班长的腿虽然医治好了,但却成了瘸子。也就在前段时间班长退役回家的时候,他特地把这块奖牌送了我,说他虽走了,可心仍在我们的连队!他临上车时抓住我的手告诉我一件事。妈妈问:什么事?班长当时眼里流着泪,班长说他没想到他这么早地退伍,他因为答应过他的队长,他会永远地坚守着这个岗位的!妈妈问:就是那个因救火而牺牲的英雄吴钢?钱多多点了点头说,当时班长在吴队长牺牲时答应过他:他会永远地坚守在自己的岗位上。如今他因为自己的腿残疾了,是因为救我而残疾的。他哭着对我说他对不起吴队长,他没有站好自己的岗,他没有实现自己的承诺,他是一个逃兵!妈妈听了心里一颤,说,他不是逃兵,他是好样的!钱多多说,我当时对他说,你放心,我会替他好好地坚守自己的岗位,他没有实现的诺言,由我来实现。他原来的岗位,我会坚守住的。妈妈,我说过话,我不能让他落空,我更不能失信。因为,我不光是你的儿子,我还是一个兵!

　　爸爸这时进屋了,看样子爸爸已在门口站了多时了。爸爸进屋默默地看着儿子一会儿,然后对着儿子点了点头,说:小子,你长大了! 你真的长大了!

　　妈妈想说什么,爸爸一挥手止住了,爸爸说:多多,做人,就应该一言九鼎,以前爸爸担心你,总觉得你还没长大,刚才听了你的这番话,爸爸才明白,我所有的担心都是多余的,你真的长大了,爸爸支持你!

　　爸爸说:孩子,你要记住,你不光是爸妈的儿子,是一个军人,但你还是一个大男人啊!

　　听着爸爸的话,钱多多啪地给爸爸敬了一个军礼。

全家福

　　根子正午睡,忽被烟呛醒,不好,家里失火了! 浓烟裹着塑料胶皮味,从堆放杂物的房里往外冒。根子直奔儿子房间,拽起沉睡中的儿子就往院子里跑。根子嘱咐儿子站在院子里别动,自己抄起脸盆,到水缸舀水救火。

　　根子住的老式房,独门独户。只几分钟,烟雾裹着火舌就涌到客厅。根子呆了,十岁的儿子也呆了,可儿子机灵,忙对根子说,爸爸,快打119呀! 根子被儿子的话点明,忙从口袋掏手机……

　　火是从堆放塑料鞋底的房间燃起来的。到底怎么起的火,根子也不清楚。根子做塑料鞋底批发生意,前天刚进了一批货,堆了一屋子。塑料易燃,烧起来火特狂。熊熊火焰从破碎的玻璃窗户中往外喷涌,黑烟在房子的上空升腾,左邻右舍都往根子家跑,很快院子里挤满了前来救火的人。大家有的拿灭火器,有的拿盆,有的拎桶,可火势太猛,泼上去的水简直是杯水车薪。

望着浓烟,根子突然大声喊,钱!我的钱!他突然想起刚收的两万块钱货款还压在他睡觉的枕头底下。

妻子生病时借了亲戚朋友好多钱,钱花光了,病没治好,半年前妻子去世了。那两万块钱,是根子打算还债的。两万块,不是小数目,得卖多少双鞋底才能赚来呀!根子急得乱跺脚,试图冲进屋把钱抢出来,却被邻居们死死拉住了。明摆着,这么大的火,进去准是人财两空。这时,谁也不会想到,根子的儿子,冲出人群,一头跑进屋里。大家震惊了,一片哗然,发出阵阵惊叹:完了完了,这孩子怕是出不来了,一准命没了。根子快疯了,拼命喊着儿子的名字,疯了般要往火里去。人们把根子紧紧抱住。根子发出狼嚎般的惨叫。此时大火把门封住,门框开始坍塌。看着越烧越旺的火焰,根子撕心裂肺地号叫。儿子是他的命,他活着就是为儿子啊。根子知道,儿子是个懂事的孩子,他一准是冲进火里替他取那两万块钱去了。他在心里呼喊着他的儿子,呼唤着他懂事听话的好儿子,从小人见人爱的儿子,那个喜欢吃肯德基喝可乐的儿子。可自从妻子生病,儿子再也没吃过一次肯德基。儿子知道妈妈的病要花很多钱,可他不知道妈妈的病花再多钱也无法治好。在妈妈去世的那个晚上,儿子趴在妈妈身边,紧握着妈妈冰凉的手,泪水浸湿了他的衣襟。十岁的儿子度过的是怎样一个黑夜啊。

此时消防车来了,火很快扑灭了。根子和人们不顾一切冲进屋里寻找儿子。

根子在卫生间发现了儿子,儿子安然无恙。除被烟熏黑的小脸和微微烧焦的头发,儿子没伤着任何地方。儿子叫了一声爸爸。那是世界上最好听最叫他心疼的声音。根子使劲睁了睁眼睛,他不敢相信儿子还活着。他一把将儿子搂进怀里,号啕大哭。

原来儿子进屋后,发现无路可逃,惊慌失措中摸到卫生间的门。当时火焰和烟雾还没蔓延到这里,他急中生智,迅速进了卫生间把门关闭,接着打开水龙头,将身上的衣服弄湿,并不停往门上冲水,防止火从门外烧进来。他还用拖把头把天窗上的排气扇捣烂,使从门缝挤进来的烟与外面的空气对流……儿子机智地活下来了。

儿子一边给根子擦眼泪,一边高兴地说:爸爸你看,没有烧坏。儿子说着从褂子的口袋里摸出一个四方的小相框。根子愣了,周围的人愣了,原来儿子闯进火里,不是为了取钱,而是为了妻子在生病前全家照的最后一张合影:全家福。

叔叔,你也是好人

阴云厚得像床棉被,闪电张牙舞爪,在酝酿着一场大雨。

女人从漆黑的楼道里推门进屋,随手按了门旁的开关,客厅里顿时亮起来。当她转身关门时,一个身材高大身穿黑衣的男子紧跟她身后撞进来,没等她清醒,一把三角刀抵住了她的腰。男人低声说:不要动,更不要叫喊!

女人哆嗦着问:你是谁?你想干什么?

我是小偷,只图财,不害命。男子很直接:前提是你要老实听话!男子一边说,一边拿眼扫视着房间。

这是个三房一厅,装饰得很普通,一看就是那种平常人家。除了客厅的灯亮着,其他房间都黑着,没有一点动静。小偷稍微放松了一下绷紧的神经。

女人说:听你的,我全听你的,你千万别伤害我。

你放心,只要你按我的意思做,一点都不会伤害你。男子说:其实我也是个好人,要不是那一场大火把我家烧个精光,我才不干这提脑袋的事呢!

女人怯怯地说:你能把刀拿开,别抵着我吗?

男子没吭声,十分谨慎地扫视了一下房间,确信只女人一人在家,对自己没有任何威胁了,便把三角刀收起来,折好装在了口袋里。

小偷放松下来,脸色变柔和了,眼里的凶光也没了。他寻了个沙发坐下,用交易的口气对女人说:把你家里所有的现金和值钱的东西都拿来,给了我,我马上就走,并永远不再来打扰你,否则,男人突然沉下脸,加重了语气:一切后果由你自负!

女人靠在墙边,凄婉地说:对不起啊,真是对不起。我真想把这屋里所有值钱的宝贝都给你,可这不是我的家,我是他们家的保姆。他们家的钱放哪里从来都不让我知道。

小偷一下从沙发上弹起来,两眼顿时露出凶光:别给我耍花招,想骗我是吗?

女人说:我哪敢骗你!我说的全都是实话,没有一点假!

小偷不相信:看你这气质,还戴着眼镜,文静静的,像一个有

学问的人,怎么会是保姆?

女人说:我的确是保姆。

小偷"哼"了一声:我不管你是不是保姆,你快点把这个家里的钱还有珠宝首饰给我找出来!听清楚了吗?这是命令!小偷又从口袋里掏出折叠好的三角刀,在手里掂了掂!

女人脸色苍白,可仍坚持说:我真的不知道他们家的钱和珠宝首饰放在哪。从走进他家的第一天起,他们就一直把我当外人,防着我,钱和贵重的东西一概藏起来,唯恐我知道。

小偷说:你不要有意拖延时间!把我要的东西快拿出来,否则刀子不认人!

女人还想申辩,小偷的脸变得很难看,他走到女人跟前,用刀指着女人的脸说:给我住嘴,我警告你,再不把我要的东西快点拿出来,我对你就不客气了!

就在这时,隔着客厅的一个小房间的灯突然亮了。小偷吓得猛一哆嗦,他迅速转到女人背后,抓住女人衣领,想要把女人当人质,问女人:谁?那房间有人?还没等女人回答,一个七八岁的小男孩站在了门口。女人一看见小男孩立刻吓得变了脸色。女人用焦急的声音喊了一声:进屋,你干吗要出来?

不过还好,小偷并没有对男孩做什么,反倒放了女人的衣领。

男孩的模样很可爱,虎头虎脑,一头黑黑的头发,一双大大的眼睛。男孩望着女人说:妈妈,我在睡觉,你们说的话我全听到了。妈妈,你别撒谎了,别说自己是保姆了,你就快把咱家的钱给他吧,妈妈,叫他快点离开咱家!

小偷狠狠地瞪了女人一眼,说:一看你就不是保姆,你竟然敢骗我!

女人不看小偷,看着自己的孩子。

小偷为这个孩子的镇定和成熟感到意外,心里不免喜欢上这个孩子,问:小朋友,你知道钱藏在哪吗?

孩子说:我知道我们家的钱在哪。

小偷乐了,对男孩说:你真是个好孩子。又转身对女人说:看看,你活了半辈子,还不如一个小孩子懂事理。钱是身外之物,难道比你的命还重要!小孩走到小偷跟前,女人的心揪了起来。她给孩子使眼色,不要靠近小偷,孩子却全然不觉。

孩子对小偷说:我告诉你钱在哪里,但你必须保证不伤害我妈妈!

小偷笑了,笑得很和气:我向你保证,绝对保证!

也不能伤害我!男孩又说。

你这么聪明可爱的孩子,我喜欢,怎么能伤害呢!小偷怕孩子不相信,又说:我从来不伤害孩子。小偷叹了一口气,对孩子说:其实我也是一个好人,一个善良的人,都是因为那场意外的大火,把家烧得一光二净,逼我走到这一步。小偷看着孩子的脸说:我向你保证,拿了钱我就走。

男孩说:那好,你跟我来。

女人喊了声:孩子,你要干吗?那个钱决不能给他呀!女人哭出了声。孩子看着哀伤的女人说:妈妈,给他吧,不然他不会走的。孩子看妈妈舍不得,就劝妈妈:等我长大了,我会挣好多好多的钱给你。

女人流着泪,愤恨地说:好,我听我儿子的话,去给你拿钱。但愿你们家从今后能过上好日子,再也不要遭火灾,你再也不干这伤天害理的事!

女人走进里屋,打开壁橱门,从叠好的被子卷里取出一个沉甸甸的白色塑料袋。站在一旁的小偷看到塑料袋,惊诧得眼珠子都要掉出来了,他一把抢过塑料袋,惊呆了:整整五捆百元大钞。五万块呀!天啊!今晚真是好运气啊!小偷好久没看到过这么多的钱了,他太激动了,按捺不住内心的喜悦。他在想:这样一个普通的家庭,怎么会随手拿出这么多钱?这家人到底是干什么的?做生意?当官?小偷来不及多想,忙把钱卷起来,塞进怀里。他用手摸摸鼓胀起来的肚子,确信钱装牢了,直奔门口。忽然又想起什么,转过身对女人着说:你若敢报警,我想你应该清楚会是什么下场!小偷转身朝门口走去。

叔叔!男孩突然叫了声。小偷一惊,站住脚。他缓缓转过身,疑惑地看着男孩问:你在叫我?你叫我叔叔?

男孩点点头,说:叔叔,外面下雨了,给你伞,淋湿了会感冒的。

小偷朝窗外一看,果然外面下起了大雨,雨水织成雨帘,贴着玻璃欢快地流动。

男孩来到小偷跟前,把伞柄递给小偷,小偷接过伞,动了感情,看着女人说:你的孩子真善良,长大了必是个好人。

男孩说:叔叔,只要改,你也会是个好人,我爸爸就是。

女人说:做好人比什么都重要。

男孩仰着头,看着小偷说:叔叔,你长得有点像我爸爸,我爸这里也长着一个黑痣。男孩指着小偷的眉心说。你也有,一模一样。我可喜欢摸我爸爸的那个黑痣了,软软的,可好玩了。

小偷下意识地摸了摸自己眉心的黑痣,问:你爸爸是干什么的。

男孩看了一眼妈妈,看着墙上一个蒙着黑纱的相框,相框里有一个男人,眉心的确有一个黑痣。男孩看着相框,眼里开了出晶莹的泪花:我爸爸死了,他是消防队员。去年一个人家失火,他去救火,突然煤气管道爆炸,他被炸死了。男孩说完泪水哗地落满两腮。

女人说:今天是他去世整整一周年的日子,上午他单位领导来看俺娘俩,你怀里的钱就是他单位给俺娘俩的最后一笔抚恤金。

小偷仔细看了看相框,不禁打了一个寒战。

男孩叫道:叔叔,叔叔,你能蹲下来让我摸摸你的黑痣吗?

小偷不知为什么,点点头,蹲了下来。小偷轻轻抚摸着孩子的脸蛋:你爸爸叫刘雄,对吗?

男孩惊奇地问:你怎么知道我爸的名字?我爸爸就叫刘雄,英雄的雄。

女人听到小偷说自己男人的名字,从桌旁走过来:你怎么会知道我丈夫叫刘雄?

小偷扑通一声跪在孩子面前,紧紧地把孩子搂在怀里,泪水夺眶而出:孩子,你爸爸就是为救我们家牺牲的!孩子,我该死,我对不起你!小偷又朝女人磕头,边磕边说:对不起,大姐,实在对不起啊!小偷满脸是泪,从怀里掏出那包塑料袋,站起身放到桌子上。

他朝门口走去,到了门口,却转过身,深深弯下腰,对女人和孩子鞠了一躬,说:孩子,我会做个好人!然后,他拉开门,消失在雨夜里……

看着男人的背影,女人自言自语:他会做个好人吗?

男孩说:妈妈,会的,他一定会的!

庆　幸

傍晚,在地税局工作的洪庆回到家,脸色阴沉,心事重重。

妻子万静小心翼翼地问:怎么了,亲爱的?

洪庆叹口气:下班前,局长把我叫到他办公室,对我说,他很快要调省地税局任职,上级已找他谈话了。

万静笑着说:人家升职,是好事啊!你不高兴吗?不会是妒忌吧?

洪庆不满地反问:我是那种人吗?

万静不明白了:那是为啥?

洪庆说:局长说,他调走后,就把他局长的位子让给我,并保证,百分之百让我坐上地税局里的第一把交椅。

万静一听把眼瞪成乒乓球,说:好事啊,天大的好事啊!你该高兴啊,干吗哭丧着脸?

洪庆唉了一声:哪有天上掉馅饼的美事,人家给你好处,是要回报的!

万静这次拧起眉头,看了看空空的四壁,自言自语道:要回报?咱家有什么回报?要权无权,要钱没钱。

洪庆说:傻老婆,局长当然不是要咱家什么,局长要我把分管的10套经济适用房给他一套。

什么?给他一套?他要给谁住?

他给自己要的。

什么？他要？他家住着160多平方米的大房子！经济适用房那是政府给穷人盖的,是给最低收入的老百姓盖的。身为国家干部,亏他说得出口！

洪庆说出原因:这次市政府分配给我们地税局的十套经济适用房,由我负责分配。

万静说:你说的这些我知道,你是地税局的副局长,又是分管行政的,不让你分配让谁？

洪庆说:这十套经济适用房建在市中心的最佳位置。那可是黄金地段,环境好,配套齐全,出行还方便。更何况这次的经济适用房是政府特批,免费装修的。

万静一听明白了:怪不得他这么大气,许你局长的位子。你答应他了？

洪庆摇摇头:可我也没说不答应。对了,局长还说了,叫咱也留一套,他会保密,决不会出现任何麻烦。

万静立刻变了脸色说:不行,这种违规的事咱不做。别说咱有房住,就是没房住,睡在大街上,也不要这房。咱平地走立地站,做人做事亮亮堂堂,决不能做那龌龊事。我对你说,人活着图个啥？不就图个心安,夜里能睡个安稳觉？咱不要那个局长,那哪是坐交椅,那是走钢丝啊！

洪庆哎了一声:你一个妇道人家,外面的事,你不懂！

万静抢白道:我虽是一个围着锅台转的妇道人家,可我懂什么叫不亏心！我也整天看电视看报纸,什么对什么错我都明明白白。我知道一个国家干部,要对得起爹娘和良心,要讲一些做人最起码的道德,要对得起自己的饭碗。不能因为手里有点权,就乱来,就为所欲为!

这时,洪庆的电话突然响了。他一看号码,脸一下子变了。

是局长?

洪庆点点头。

洪庆按下接听键,局长在电话里说:你要尽快做决定,别再拖了,再拖就没机会了。我再一次给你保证,这一切都会平安无事。局长沉默片刻,又加重语气说:你不是常说忠于你的事业吗?这就是考验你忠心不忠心的关键时刻!

洪庆想了想,看着妻子的目光,他豁出去了,说:局长,多谢你对我的看重。我常想,什么对一个人重要,那就是诚实。我是一个农民的孩子,能走到今天,靠的就是诚实和不亏心。局长,原谅我,我不能对不起我的良心!

局长已明白他要说的是什么,就哈哈笑了:你也不算年轻了,怎么还这么幼稚?现实生活中,谁不是见荣誉就上,见好处就抢?再说了,这是天知地知你知我知的事,是一箭三雕的事,你何苦不为呢?

洪庆说:局长,我为你纳闷,你这样做,不符合你平时的做事风格啊。你不是常教导我们,要对得起自己的良知;清正在德,廉洁在志;官多一分廉,民增一分福;难道,这些,你都是说给别人听的?

万静一直在洪庆身边,听着洪庆和手机里局长的对话。听丈夫这么挖苦局长,在一旁给洪庆竖了竖大拇指说:对这样当面是人背后是鬼的局长,你就得这样对他说!他平时不是正人君子吗?真是知人知面不知心!他原来的清正廉明都是装的啊,是给下属演戏啊!

电话里的局长恼怒了,声音严厉了:明天上班你给我最后决定,否则,你也考虑一下你副局长的位子。你好自为之吧!说完扣了电话。

洪庆挂了电话,脸上阴得能拧出水来。万静知道丈夫为什么这样。她拍拍洪庆的肩膀说:亲爱的,不就是个地税局的破副局长?不干就不干!没什么了不起!

洪庆看着妻子的脸问:真的?

万静点点头。

洪庆无奈笑一下,自嘲道:看来,我这个副局长也干到头啦,你这个副局长太太也当到头啦!

万静说:可咱们心安,咱们夜里睡觉踏实!

洪庆嗯了一声。

万静开玩笑说:其实啊,什么都没变。你看,我还是你老婆,你不还是我老公嘛!一切没变啊!

第二天,洪庆下班回来,令万静意外的是,洪庆满脸喜悦,进门就给了妻子一个大大的拥抱。

万静有些不好意思:你看你,这大白天的!

洪庆高兴地告诉妻子:他是局长用他的专车亲自送来的。

万静脸上露着不屑:你答应给他房了。

洪庆摆摆手。

他没撤你的副局长?

洪庆摇摇头。

那局长咋对你那么好?

洪庆说:局长放心了。

万静不解:局长放心什么了?

洪庆说:要房子这事,是组织部门要局长故意考验我的。局长不放心把局长这个位子交到一个没有原则的人手里。局长对我说,通过对我的考验,他很满意,他说他能放心去省地税局赴任了!

中　药

早上一上班,税务稽查所仝所长抓起电话,就给祥和食品公司女老板打电话:你马上到我办公室来,我等你。

什么事？大所长,这么急的口气,听着怪吓人的。听口气,女老板和所长挺熟。

仝所长说:装什么糊涂,快来。他接着又补充一句:别忘了把你去西藏开商贸会买的东西给我带来。

当然不会忘。女老板接着问:你找我,是不是公司营业税的事。

所长说:没错,昨天稽查人员发现你公司有偷税嫌疑。晚上我加了个班,把你公司账目核实一遍,果然有问题,我算了一下,偷税和罚款共计5万元。

女老板的脸一下就拉长了:好,我这就去你那里。

不一会儿,女老板开着白色宝马车来了。当她下车时,一缕风把她的黑发吹起来,贴在她白皙的脸上,她轻轻拢了一下,朝所长办公室走去。

当女老板经过出纳员包兰兰办公室窗口的时候,包兰兰顿觉眼睛一亮,心里说:哪来的这么漂亮的女人?怎么这么面熟?好像在哪里见过?她是找谁的?包兰兰盯着女老板的后影走向仝所长办公室。包兰兰眼睛越睁越大,那是因为女老板手里提着一个白色包。包鼓鼓的,看样子里面装满了"东西"。

女老板走到仝所长门口,敲了几下门,之后门开了,女老板进了屋,门就关上了。

包兰兰平日里就喜欢打听事,所里的人明着喊她包兰兰,背地里都叫她包打听。

包兰兰纳闷,纳闷女老板包里到底装了什么东西,鼓鼓的,满满的,不管包里是什么,她断定:准是给所长送的礼。

一想到仝所长收礼,包兰兰嘴撇了撇:一开会就告诫我们不准收客户的礼物,不能拿党给的权力做交易。这会我看你收不收。如果没猜错,这女的就是那食品公司的老板,来给自己说情的,送了礼,该罚五万的就变成两万,两万就变成免除罚款。谁倒霉,还不是公家,公家倒霉呗。包兰兰想着想着不禁笑了,她笑女老板太笨,哪有这样送礼的,送金送银,送那些好藏好掖的不行,非得这么招摇?

女老板和仝所长到底是什么关系,如果是初次交往,女老板不了解所长秉性,不会贸然给所长送礼;如果是老相识,那他们又是什么样的关系?好到什么程度?包兰兰纳闷死了。她坐立不安。包兰兰站起身,装着去洗手间,从仝所长门前过,企望能听到一言半语。

走到仝所长门前,包兰兰停住了脚。所长和女老板的谈话,如缕缕炊烟从敞开的窗子飞出,清清楚楚地飘进包兰兰的耳朵。

所长对女老板说：你尽快把税款和罚款一起交上来，一分也不能少，不要超过限期，不然拖延一天对你就是一天的损失。

女老板说：钱收得再多，也都是国家的，能到你腰包一分吗？少交点对我有好处，对你，难道就没好处吗？

所长说：我也不想收，更不想多收。我知道你辛苦，你不容易，我可是一名税务官，我要是不依法收税，我能对得起国家吗？能对得起我头上的国徽吗？

女老板说：别给我唱高调，我只知道，百姓过好了，国家才能好，百姓手里有钱，国家才能叫富裕。

你这话没错，可你不能挣钱了就忘了对国家的责任啊。你这是依法纳税，国家收的是该收的，不会向你多要一分。依法交税，这是你作为公民的义务啊。

什么义务？我富了有钱了难道你没跟我沾光吗？我没借给你首付买房吗？你只知道国家需要钱，难道不知道小家没钱的难处？

所长沉思了一会儿说：小家是家，大家也是家，小家要过日子，大家也要过日子啊；小家要买房要养老要上学，这大家就容易吗？国家就是一个大家庭啊，这个家里有军队，有科技，要发展，要规划，也要养老人，要对贫困地区与弱势群体帮助，要进行基础设施建设等，这些都需要钱啊，这些钱怎么来，就是靠国家税收，靠我们公民自觉纳税。

女老板皱了下眉头，说：我不跟你在这里磨牙了。我的时间宝贵。你说的我都懂，可我还是请你给我减去三万元，最多缴两万。这是我第一次求你，也是最后一次，行吗？女老板的脸上显出无奈。

不行,别说三万,一分都不能少。罚款和税款加起来五万,我再一次郑重声明,务必在限期内全额交上来,否则后果自负!

女老板的脸一红,瞪大眼睛说:这事我不求你,行吧?我求你们局长去!局长可比你官大吧,可比你有权吧,可比你说话算数吧!不过,我也告诉你,局长如果同意给我减税,你别给我从中作梗使坏!

仝所长说:虽然我没他官大权大,工作上我得服从他,可在这件事上,他准听我的。

女老板扭头就走,不想再同仝所长理论下去。

走到门口,她好想忘了什么事,回过头指着包说:你向我要的东西,我给你拿来了,一样不少,单子在包里,你照单对照一下吧。有空,我去你家里看嫂子。说完扬长而去。

兰兰听到女老板要离开,吓得连忙离开所长门口,装着没事人似的往自己办公室走。

就在兰兰迅速离开仝所长门口的时候,仝所长看到了兰兰躲躲藏藏的影子。他笑了笑,笑得意味深长。

中午快下班的时候,包兰兰办公桌上的电话响了,是仝所长打来的。仝所长说:兰兰,请你到我办公室来一趟。

兰兰来了,心慌得像偷了东西似的。她想:所长没看见我,一点也没看见我,怎么会知道我在门口偷听呢!不会知道的,是我做贼心虚吧!包兰兰小心翼翼地推开门,问:所长,您找我?

所长客气让座。

兰兰脸上笑了笑,笑得很难看。

所长说:我有事需要你帮忙。

兰兰笑得整张脸僵硬的,她觉得所长有意说话给她听。

所长指着女老板送来的包说：兰兰，你帮我打开包裹，对照单子数数错没错。如果没错，就拿到你老父亲的药店，叫你老父亲帮我煮好装包，加工费我加倍照付。

兰兰的父亲是老中医，还开着一家中药铺。

所长看兰兰好像没听明白他话，解释说，这几服药是偏方，专治我老婆的窒息性过敏症。这是我妹妹去西藏开商贸会，专门给她嫂子从西藏买来的藏药。

兰兰忽然想起什么，问：刚才那个女老板是你妹妹？

仝所长笑了，说，是的，是我妹妹。

兰兰说：你妹妹长得真漂亮！

仝所长说，是长得漂亮，可偏偏做了件不漂亮的事啊！

兰兰打开所长妹妹送来的包，一看，全是中草药，兰兰拿起药单，一样样对照，之后，兰兰对仝所长说：十六味药，一味不少。

狗知道

桃花庄有个花秀才，才高八斗，学富五车，可人长得丑。不过花秀才的娘子却是十里八乡出名的俊，不光俊，而且还极聪明。

一日，花秀才应文友之邀出远门了。花娘子常常到村口的路上眺望。说起她和花秀才的婚姻，那是标准的郎才女貌。在别人眼里花秀才丑，但在她心中，花秀才就是她的唯一。

可在村里一些人眼里，看到这么俊俏的女子嫁给花秀才，心理不平衡呢！好多人都说是一朵鲜花插在牛粪上，都为花娘子惋惜，都觉得要是花娘子插在自己这个牛粪上，才是标准的天作之合。最甚者，当属前街的铁匠张虎。

张虎对花娘子惦记多时，从花娘子进花秀才家的门就惦记上了。他整天为花娘子抱不平，说，这么好的娘子怎么就让花秀才娶了，没天理呢！没事时，他常想着花娘子，就是夜里做梦，梦里也都是花娘子。有一回，花娘子从铁匠铺子前过，当时张虎正给别人打菜刀，见花娘子来，光顾着伸头看了，锤子一下子落在他手上，砸得他嗷嗷地乱蹦。得知秀才出远门了，张虎暗想机会来了。

这天晚上，趁着夜色，色胆包天的张虎来到花秀才的门前。他定定神，稳稳心，想，我不如学着花秀才的腔调来喊开门。他便模仿花秀才的声音敲响了花秀才家的大门。

听见狗叫声和敲门声，花娘子应声出了屋门，才要去开拨大门闩，看着狂吠不止的狗，手不免停住了，想：难道真是我的秀才回来了吗？

花娘子从门缝里往外看，外面黑乎乎的，什么也看不清。花娘子想，这么黑的夜，如要是怀了歹心的人，趁此来叫门，我若开了，那可坏了秀才的名，自己只有死路一条呢！

花娘子问：你真是夫君？门外的人迫不及待地说，是啊，我是你的花秀才！花娘子说：你若是我的夫君，我问你几件事。门外的人说：你问吧。花娘子说：我耳朵上长了个小痦子，你知道痦子有多大？长在左耳还是右耳？

这个谁不知道，张虎在闹花新娘入洞房的时候就看到了，就说：有芝麻那么大，长在左耳。

花娘子又问：我穿的绣花鞋，绣的是红花配绿叶还是红花配

黄叶？

张虎一听，在心里笑了，那天花娘子从他铁匠铺前过，他看得清清楚楚，就脱口而出：是红花配黄叶。

花娘子说，你回答对了。张虎说，娘子那你就开开门吧！

花娘子看了看一直狂叫的大黑狗，就说：你快走吧！你不是我的花秀才！

张虎哀求说：娘子啊，我是你的花秀才啊！

花娘子说：你不是我的夫君。你是狂徒，再不走，我就放狗了！

张虎知道花秀才家的大狼狗，半人高，极凶猛，吓得赶忙逃走了。

喜欢花娘子的还有后街卖烧饼的李豹。自从秀才出门，李豹天天盼着花娘子来买他的烧饼，不图啥，就图过过眼瘾，养养眼珠子。可好多天过去了，始终没见花娘子的影子，他烙起烧饼就丢魂落魄的，不是煳，就是焦。这天李豹早早息了炉火，收了摊子，把自己梳洗得锃光瓦亮，趁着夜黑人静就学着花秀才的声音敲响了花秀才家的门。

听到敲门声，花娘子忙得三步并两步往门口赶，可是有了上回的教训，娘子更加小心，说：若是我的花秀才，我就问问你，答对了，我就开门。门外的李豹说，你快问吧。

花娘子说，我头上戴的簪子是银的还是金子的？李豹暗暗得意，因为花娘子去他那里买烧饼，他清楚地看到过，就脱口答道：不是金不是银，是玉的。花娘子问：是什么形状的？李豹说：柳叶形的，带在娘子如云的发髻上简直美极了。

花娘子看了看一直狂吠的大黑狗，说：你走吧，你不是我家的花秀才。李豹问：为什么，难道我回答得不对吗？花娘子说，你回答得对。李豹想胡搅蛮缠赖着不走，我回答得对为什么就不是你的花秀才呢？花娘子说，不是就不是，你要是再不走，我就放我的大黑狗，撕你的皮，咬你的肉！李四还想再要赖，就听花娘子在解拴狗的链子，吓得他撒腿就跑。

第二天晚上，张虎去找李豹喝酒，张虎说，我学花秀才的声音是一绝，并且也回答对了她问的事，她为啥就知道我不是花秀才呢？

李豹说，别说了，我也回答对了她提的问题，可她就是说我不是花秀才，纳闷儿了，他怎么知道我不是呢？

就在他们两人大声讨论这个话题的时候，花秀才恰巧听到了。花秀才赶了一下午的路，又累又饿，想在李豹的烧饼店里买点烧饼充充饥再回家。听两人说了这些话，花秀才又气又喜，喜的是两人都被娘子拒之门外。气的是他才离家这几天，就有人打他娘子的主意！

花秀才三步并成两步走，不一会儿就到了家。到了家门口，他一改以往的文雅，啪啪啪地拍起了门。

花娘子听到拍门声，忙走出屋门，把正在叫着的大黑狗解开了，有了上两回的经历，花娘子还是不敢掉以轻心，她对着门外问：谁？

外面说：我。

花娘子问：你是谁？

花秀才说，我，花秀才！

花娘子说，我怎么知道你是我的花秀才？

花秀才说：你开开门不就知道我是不是花秀才了！

花娘子说:我问你几个问题,你如答对了,我就给你开门!

花秀才说:你问吧。花娘子说:我的耳朵上长着一个小瘩子,我问你瘩子有多大?外头的人没吭声。娘子又问,我穿的绣花鞋,绣的是红花配绿叶还是红花配黄叶?外头仍然没吭声。我头上戴的簪子是银的还是金子的?是什么形状的?花秀才说:我不知道,不知道,不知道!!

花娘子说,你说你是我的夫君,你怎么会不知道呢?你不是我的夫君!花娘子放开了手中的大黑狗。大黑狗奔向门口,在门口一个劲地用爪子抓门。

花娘子知道,是她的花秀才回家了。她打开了门,一下扑到秀才的怀里,思念的泪水化作甜蜜的雨露洒满心头。

可花秀才很纳闷,进了屋,他就问娘子:张虎和李豹把你的问题都回答对了,你怎么知道不是我?你问的问题我故意一个都没答上来,你怎会知道我是你的花秀才?

花娘子说,是大黑狗告诉我的。

花秀才更加迷惑了,大黑狗怎么告诉你的?

花娘子说:前两次他们两个人学着你的声音来敲门,虽然我问的问题他们都答对了,可大黑狗自始至终对着大门狂吠。狗的嗅觉是最灵敏的,虽然隔着门,他能嗅出外面的是不是自家人。你虽然什么都没回答,但从你拍门到开门,大黑狗不光一声都没叫,还很亲你,所以我就知道外面的就是我的郎君!

我们都是凶手

那是前几日的一个黄昏,我去小湖边散步,小湖是人工湖,位于我居住的这个城市的中心。我步行到离湖不远的时候,看见湖边站着一群人,吵吵闹闹地朝湖中心指指画画。我很好奇,疾步奔去,只见水面上有一个土黄色的东西,露着头和半个脖子,原来是一只狗。狗本是会游泳的,可那狗在那里挣扎,显然它的脖子上拴着绳,底下坠着一块重物,是有人想把它溺死。狗的精力也是有限的,此时它连一点挣扎的力气也没有,连悲鸣声也是那么的微弱,只是瞪着两只大大的眼睛哀求地凝视着岸边围观它的人。它的身子已经没过水面,脖子一点点往下沉,眼看着水没过它的脖子浸入它的嘴巴。岸上的人都为这只可怜的狗撕心裂肺、悲痛欲绝地大呼小叫,这时人群中突然蹿出一个身高八尺的汉子,脱掉鞋子,扒了上衣,一头跳到湖水里,像离弦的箭一样游到那个可怜的狗的身边,把它从水里捞起,用一只手揽到怀里,又用一只胳膊游上了岸。

狗得救了,又获得了重生。"他好勇敢啊!"岸边的人们为拯救狗的汉子热烈欢呼,大加赞赏。而我更是被这个男人感动着,骄傲着,因为这人不是别人,是我表弟。

我走到表弟身边,拍拍他宽厚的肩头,表示对他举动的赞赏和敬佩。表弟不好意思地笑了笑。表弟把狗放到湖边草地上,狗

已经站不起来了，趴在地上，浑身哆嗦着。狗个头很高，身子很长，可很瘦很癞，像久病不愈。围观的人看着狗，失望地说，准是一只病狗，救上来也没用的啊！唉，是啊，费这么大的劲，救的是一只病狗，还不如不救呢，怪不得有人要将它溺死呢。表弟似乎没有听到别人的议论，拿起他的褂子，将狗包起，抱着回家了。对了，忘了告诉大家，我表弟是个"收养家"，他家里收养着几十只被遗弃的狗与猫。他的这种行为，受到他妻子的强烈指责和非难，可表弟矢志不渝，他不但认为这是一件有趣的事，更认为是一件意义重大的事，并表示这将是他一生的事业。

第二天一早，我就去了表弟家，我想看看表弟，被昨天的湖水冻着了吗？患没患感冒？还想看看那只狗，到底是不是病狗，病得有多重？若是病得很重的狗，我要劝表弟把它放走，不能留下，留条病狗在家里不是什么好事。

表弟正在院子里喂那只狗，看来那狗已经从昨天的惊吓中缓过神来，正在摇着尾巴贪吃着表弟给它做的特殊早餐：火腿和肉骨头。狗食盛在盆里，冒着热腾腾的白烟。就在吃到露出盆底的时候，那只土黄色的狗，那只死里逃生的狗却口吐白沫，突然倒地气绝，顷刻毙命了。我目瞪口呆，愣愣地瞅着表弟的脸。我敢保证，准是表弟在狗食里下了毒。我不解地问表弟："你为什么舍身救它，又狠心毒死它？"表弟像是什么也没发生一样，平静地说："这是一条得了严重传染病的狗，凭我多年的经验，不会看走眼的。"我问："你怎么看出来的？"表弟说："你看这狗的眼睛周围，鼻孔和嘴巴周围一圈圈地溃烂，凡是得这种怪病的狗，都是患上了一种很罕见的传染病所致。而这种传染病目前还无药可医，就像人类的艾滋病，根本不可救治。不然狗的主人也不会这么狠心地将它溺死。"我疑惑了,问表弟:"你既然知道它得了这种病,为什么还要救它?"

表弟木然地看着我,看了好一会儿,然后说:"我不想让它死得那样痛苦,那样惨。"

我不知道这是不是我想要的答案。此时我所要做的,就是帮表弟把那条被毒死的狗架到熊熊燃烧的大火上。

有　病

我是修理工,专修点钞机的。有一家医院,收款用的点钞机出了毛病,领导命令我赶紧去修。一到医院,收钱的女人,对着我大吵大叫,说我们卖给他们的点钞机是伪劣品,耽误她们收钱了。她说收钱是她的工作,一会儿不收她就心慌。看女人气势汹汹的样子,我吓得低着头,只管手忙脚乱地修。好在我技术娴熟,没多大会儿,点钞机就修好了。

修好了点钞机,我逃离了医院,离开那个满脸横肉的女人。可刚走到医院门口,迎面来了一个穿白大褂的大夫,他停下脚步,看我,又看我。我想他肯定认错人了,对他笑笑,继续走我的。没想到,大夫突然冒出一句话,一下使我的心悬到半空。他说,你生病了,你是一个病人。我说,没有啊,我好好的,没病啊。没病你来医院干吗?我连忙给他看我的工具包,我说,我是修理工,我来给你们医院修理点钞机的。大夫说,你修什么我不管,但我得对

你的健康负责,你确实生病了。大夫紧紧盯着我的脸又说,你脸上有病的征兆,脸色难看极了。我立刻松了口气,笑了,说,大夫,我这不是病,我两天两夜没睡,和朋友一起搓麻将累的,再睡上两天两夜就补回来了。说完,我转身要走,大夫挡住我,说,你不能走,你的确有病。我是大夫,大夫就要对病人负责,我给你好好检查检查,你跟我来。

我患梦游症似的跟在大夫身后,来到一个挂着"疑难杂症门诊"的房间里。大夫和蔼可亲地叫我坐在他的对面,问我,你最近没感觉到,尿急尿频尿痛尿不尽尿无力吗?我心里惶惶地说,没有啊,尿得很顺畅很有力,就像男高音,很洪亮的。大夫又问,你最近有食欲不振消化不良胃酸胃胀胃不适的感觉吗?我说,也没有啊,我这人干什么都不行,就是吃行,就是胃口好,吃嘛嘛香。那你感到肝区隐痛腰酸无力口干舌燥吗?我仍然摇摇头。大夫好像有点不高兴了,说,你不要讳疾忌医呀。我说,大夫,你放心,我一定知无不言,言无不尽。大夫小声嘟囔道,就是你这种人最不好对付,拒不承认自己有病。大夫声音虽小,可我听得清。我不解地问,大夫,我到底哪儿有病啊?大夫说,你别急,看病是急不得的。我给你开几个单子,去做做 B 超 CT 磁共振什么的,都做一遍,进行一次全面彻底的大清查,到底哪儿有病,到时不就全都清楚了?

一听做这么多检查,我吓出了一身冷汗。我恳求大夫,我确信我没病,我得赶快回单位向领导汇报修理收款机的事,我得回去,大夫!

大夫看我急的样子,笑了,说,我知道你是怎么想的,我当大夫的,病人怎么想我还能不知道?你不就是怕花钱吗?你放心,我会把费用给你降到最低,我不会给你乱开单子,医患关系就是这样搞坏的。我依然恳求大夫,谢谢你,我不看了行吗?有病不看行吗?我说着就想撒腿跑。可我转念一想:就权当作一次体检,不是件美事吗?没病检查身体都是有权有钱的人享的福,这对我来说不是撞了头彩吗?我立刻转变态度,殷勤对大夫说,大夫,你真是高明的大夫,你说的这些症状其实我都有,我只是想考验一下你的水平罢了。你一眼就看出了我是病人。你大胆地给我检查吧,大胆地开单吧,只要能做的仪器都给我做一遍,我把身体就全交给你了。大夫看我回心转意,胖胖的大脸露出满意的笑容。

大夫对着门外喊了一声,应声进来一位漂亮的护士。一看长相,就知道护士是个精明人。护士朝大夫会意地点点头,对大夫说,是有一张空闲的病床,早上刚刚有一个病人出院。大夫说,好,正好,一会儿你帮他去办理住院手续吧。怎么还得要住院啊?我又立刻紧张起来。大夫说,刚出院的那个病人和你的症状一样,什么感觉也没有,等检查完一看结果,哪儿都有病。他在我们这儿住院治疗了两个月,今天终于康复出院了。所以我要你各项检查都做一遍。听大夫这样一说,我吓得心尖都颤抖起来。莫非我也要在医院住上两个月?我心里乱成了麻,真不知所措了。大夫问,你带了多少现金?我说,我口袋里最多只有十块钱。你的银联卡带来了吗?银联卡,什么是银联卡,大夫?我从来就没有什么银联卡呀。大夫说,那就把你的账号报给我吧。我说,什么账号?护士在一旁听得不耐烦了,说,医疗账号呀!我说,我没参加医疗保险。大夫猛地把脸转向我,冷冷地说,你怎么会没参加医疗保险?这是你单位该给你保的啊。我一下子来气了,你这话讲得有道理,这医疗保险就是该给我保的啊,可我工作的那个单位,硬说我是新来的工人,非等到一年后才给交,这理去哪里讲啊。大夫实在听不下去了,大声呵斥我,你这人真是莫名其妙,快给我出去！接着我被护士给拽出了大夫的"疑难杂症"门诊室。

回到家我把这事给我老婆讲了,老婆不信,瞪着我说,瞎编,哪能有这种事！竟然同小说里写的一样。我笑了,说,其实我是逗你的,就是瞎编的。

但愿这事是我瞎编的！

走　神

韩金今天高兴极了,高兴得心里开了花。韩金今天要去领一个奖。

韩金步入地铁口,与他迎面而来的人,几乎都把目光投向他,甚至有人从他身边走过去了,还转回头来瞅瞅。韩金有些纳闷,难道人家知道我去领奖？不,不会,一定是老婆买的这身新西装,吸引了人的目光。韩金真高兴,谁不喜欢吸引别人的眼球呢,当今就是个"眼球"时代。韩金不禁有些飘飘然了,以至于走进地铁的时候,两条腿有点乱,不知先迈哪条腿。

韩金穿的西服,是老婆花几千块钱刚买的,是非常有名的品牌。领子上配的那条领带,也是当下最时髦的那种,前几天在电视上,有个大牌导演,戴的就和他的这条一模一样。若在平时,老婆是不这么费心思打扮他的。老婆是护士长，上班累都累死了，到了家里就想歇歇，哪有闲工夫打扮他。不过今天韩金要去参加一个颁奖大会，他设计的一个"快递速送软件"获奖了。虽然只是个市级奖，可韩金所在的快递公司是大公司，是最有名的那家"联档快递"，据说还被评为"小区500强"。所以这个市级奖也不能小觑，理所当然，老婆也得让他盛装出席。

今天真是好日子呀，韩金心里甜蜜蜜的。

韩金按捺着兴奋的心情坐在座位上。韩金是非常爱学习的人，就是坐公交乘地铁，也不忘看书。韩金从背包里拿出一本书，敢保证，整个车厢的人都看不懂韩金看的是哪国文字的书。韩金看的是y国文，y国是非洲的一个小国，只有几万人。一般没人学这种小语种，就是在外语学院，能看懂这种文字的人也屈指可数。即便能看懂，也没机会能用上。可韩金的"联档快递"是500强的大公司，业务范围遍布世界各个角落。上次他们"联档公司"，就因为没人看得懂这个国家的文字，一笔大生意差点跑掉了。所以韩金立志要在业余时间自学这个国家的语言，为所在企业贡献出自己全部的才智。

韩金虽然在看书，可觉得身边的人一直在看他，他不由得抬起头瞅瞅，果然有人在看他，特别是坐在对面的一个长头发的女孩，正目不转睛地盯着他，而且女孩俊俏的脸上还带着意味深长的微笑。韩金的心不禁怦怦乱跳。韩金的心好久没这么跳了，好像还是和老婆恋爱的时候这样跳过。韩金想，一定是女孩对他感兴趣。

在这之前，韩金对待打扮是并不在意的，他觉得男人有真才实学才是根本，穿得干净利索就可以了，不要太讲究；而今天看

来，讲究打扮，绝不是女人的专利，对男人也非常重要。这不仅是一种良好礼仪的体现，更增添了气质。说白了，就是更讨女人喜欢。一旦有了女人喜欢，那好事就来了，就要走桃花运了，生活的品位就要提升了。

在老婆眼里，韩金一直是个不会花心，也不想花心的好丈夫。其实哪个男人不想啊，就是柳下惠也不能说不想，找个心理大夫给他看看，典型一个心理障碍者，没准还有生理问题。

韩金偷偷地瞄了一眼那女孩，心里想，若和这样的女孩好上了，真是吃到了天鹅肉啊。不过若真和这样的女孩好上了，可要拿捏得住啊，决不能过度发挥，不能制造出什么家庭悲剧。老婆还是老婆，家还是家，那种有了情人就不要家的男人，真是傻蛋。稳定的家，永远是男人身心安顿的基石，任何时候，任何情况，都不能动这块基石。

想到这，韩金不由地轻轻环顾了一下四周，好像生怕有人看出他的心思，去告诉他老婆。当然这是不可能的，因为这里没人认识他老婆，就是认识，也不可能钻到他肚子里去，他是条件反射，自己吓自己。有时老婆也会对他不放心，连打带哄地说，你这人思想简单，情感单纯，容易被女人骗，在外面千万别动歪念头，否则，出了麻烦吃不了兜着走！韩金总是愤慨地表示，我是那种人吗？我是那种人吗？言下之意，他是少有的一等好男人。常言说，英雄难过美人关，何况韩金不是英雄，是也想尝腥的猫。

韩金今天总有种预感，觉得要走桃花运，一如春风中喷薄怒放的桃花，正在对他点头招手。他下意识地又看了女孩一眼，正巧那女孩也在看他，也依然很有点意思地看着他笑。韩金的心差一点跳到嗓子眼。他没回避那女孩的微笑，镇静了一下麻乱的心,大胆地与那女孩相视而笑。女孩看着他,微微动了动花骨朵样的红唇,好像要对他说什么,韩金感到一阵幸福的晕眩,可就在这时,车忽然停了,车到站了,韩金要下车了。

韩金一边随着人流,移动着沉重的脚步往外走,一边怅然失落地转过头看女孩。缘分呀,真是缘分啊,韩金激动地发现,女孩也在这里跟着他下车了。肯定是女孩对他有了那个意思,他不是胡思乱想,女孩真真切切对他有了意思,否则他天天在这儿下车,怎么从来都没碰见过她呢?韩金在通道拐弯的地方故意放慢了脚步,他要等等女孩,要主动同女孩搭讪,他是男人,这样的事情男人本来就该主动些。女孩看见他站在那里,微笑着直奔过来。韩金顿时闻到了一股若有若无的令他迷离的香水味。

韩金还没来得及张口,女孩先说话了:先生,这儿。女孩的声音很好听,甜甜脆脆的。女孩边对他说话,边指指韩金的衣领。韩金弄不懂女孩的意思,转动着脑袋看看自己崭新的西装,又低头看看自己闪光的皮鞋,没什么呀,干干净净的呀。女孩有点着急,走近韩金,伸手从韩金的衣领里拽出一只黑色的袜子。

这不是韩金出门前急着穿,可一直没找到的那只袜子吗?怎么藏在领子上呢?对了,一定是昨晚睡觉前,老婆怕他第二天穿衣服的时候乱找,把衬衣和袜子放在了一起,而他穿衣服的时候把这只袜子夹在了衣领里。

韩金白腻腻的脸,唰的一下红了,一直红到了脖子根,嘴也张不开了,哼哼唧唧也听不出哼唧的是什么。他仿佛从飘飘的云朵上,猛然掉到了深谷里,摔得两眼漆黑,浑身发冷。等他醒过来,女孩已经走出了地铁站的大门……

韩金望着女孩婀娜的身影,更加爱怜了。他想,若不是这女

孩,莫非这只袜子要带到颁奖台上去吗?不知下次乘地铁的时候,还能不能碰见她……

好一个女子

作家对着台下的文学爱好者口若悬河,妙语如珠。作家正做一场演讲,题为《文学与观察》。作家是应一出版商邀请,来做演讲的。在本市,作家鼎鼎有名,出的书很畅销,被出版商再版七八次。文坛上可是等级分明的,作家这次的讲课费,据说不少。

作家讲得真好啊,作家不仅是天才的作家,更是天才的演讲家。作家的演讲,让听讲的文学爱好者们如沐春风。演讲一结束,台下的掌声、赞美声,如波浪般哗哗地跟在作家肥胖的身后,直至把作家涌到后台的休息室。作家想:我期待的正是这种成功啊!太激动人心了,我以自己的才华,使人们变得这样激情澎湃。作家很感性,容易激动。作家微笑着,陶醉在自己的激动里。

作家有点累,坐在休息室的沙发里,深深地舒了一口气,作家从身边的公文包里拿出一盒中华香烟,抽出一支,刚点燃,突然有敲门声。随着敲门声,进来一女子。女子面若桃花,含着羞涩的微笑,一手拿着笔记本,一手拿着笔,显然是作家的崇拜者,一准是来找作家签名的。

作家立刻直起身子,问:你找谁?

女子礼貌地说:不好意思,找您。女子说,我刚听了您的课,有些问题不太清楚,我想请教你,好吗？作家说:好啊,尽管说。

女子问:怎样才能练出一双慧眼,会观察,会发现,使整个身心与文学创作相融呢？

作家说:要运用你的知觉和情感。女子自言自语:观察咋这么重要啊？

作家觉得女子很幼稚,但作家仍认真解释。作家说:会观察是作家的基本功,作家必须有非凡的洞察力,才能创作出反映现实生活的优秀作品。

女子慢吞吞地说:您真不愧是大作家,讲得那么生动。您不仅是大作家,还温文尔雅、风度翩翩,还心地善良、谦逊待人……作家摇摇头,打断女子的话说:不要这样说,这样的夸奖我受不起。的确,作家不喜欢过分的夸奖。女子不以为然,说:我说的都是真心话,不是虚伪的奉承,对您的赞扬是发自我内心的。只是您自己太过谦虚了。女子始终用"您",说得作家浑身热烘烘的。

作家真的有点累了,客气地说:如果你没有其他问题,我想休息一会。话里有撵女子的意思了。女子并没有走的意思,反倒看了看作家身旁的一张椅子,想坐下来。作家故意装作没看见。女子仍站在沙发旁,仍闪动着眼眸对作家说:您知道吗？一听说您今天来讲课,昨天晚上我做了一个梦,梦见我的心,变成了一朵鲜艳的玫瑰,我把这朵玫瑰,插在了您办公桌的花瓶里,为您散发芳香,消除您的疲劳,使您创作出优秀的作品。作家听了,心里想笑。他知道女子为讨他欢喜瞎编出来的。作家轻轻哦了一声,表示对她的"故事"不在意。

女子又说:我还有一个秘密没告诉您,当您知道以后,你一定会感到自豪的。作家听了,便抬头注视着女子。女子说:一年前,

我丈夫非要和我离婚,我不离,我太爱他。可他在外面已有了女人,我若不离他就得上吊,就得卧轨。我心软,心一软,就离了。从此我就过着地狱般的日子。我买好了自杀的药。一天晚上,我想,该是我结束生命的时候了,当我躺在床上做好一切死的准备时,我想,难道我对这个世界就没有一点值得留恋的吗?这时我忽然想起了您的书,我要捧着您的书死去。我捧起您的书,翻着看了一页,又看了一页,哎,您说奇怪吧?看着看着,我竟然改变了决定,我要好好地活着!作家听得入了神,心跳加快,脸上显出光彩。作家感觉身上生出一股干劲,他暗暗发誓:要写出更多更好的精品,服务大众,拯救迷茫的灵魂。

作家迷惑,问:你看的是我的哪部作品?女子摇摇头:书名我一下想不起来了,就是写人生与命运的那部长篇小说啊。作家呵呵地笑了,说:你记错了吧,那不是我写的,我从没写过什么人生与命运的长篇小说,我是游记作家,专写游记的。女青年的脸顿时飞上两朵燃烧的红云,她自嘲地笑着:您不仅是大作家,还是一位幽默家啊,您太幽默了,那书怎么会不是您写的呢?作者的照片明明就是您啊,我看得清清楚楚啊!女子又很认真地问:请问,写游记和写小说有什么区别呢?

作家被她问得有点如坠云雾,他拿不准眼前的这女子是怎样的一个人,虽然他是一位善于观察的大作家。作家还没来得及想清楚,女子又说:我实在是太爱看您的作品了,你的文章简直可以获诺贝尔文学奖。作家无奈地笑笑,这个女子让他不耐烦了。女子也看出作家是为了礼貌,勉强和她说话。女子是个知趣的人,热切地说:请您给我签名好吗?麻烦您了。签完名我就走,不再打扰您。作家想,快签吧,快点叫她离开。作家说:好吧。女子赶快毕恭毕敬地递上笔记本和笔。

女子好兴奋,像得到了什么宝贝,眼里满满地笑。接过笔记本,女子给作家深深鞠了一个躬,走了。

女子关上门,作家长出了一口气,听着女子渐渐远去的脚步声,作家好不轻松,他想,快抽支烟放松放松。烟在公文包里。他找他的公文包,奇怪,包不见了。作家就到处找,怎么找也没有。作家一下子明白过来,趁他签字的时候,女子把他的公文包拿走了,包里有出版商刚刚给他的一沓讲课费,还有讲演稿《文学与观察》。

鉴　宝

朱经理从外地开会回来,一进办公室,就急着打电话给他的助理小米。小米不知有何吩咐,急忙来到经理办公室。

朱经理一见小米,忙从老板椅上站起来,上前握住小米的手说:来来来,给我鉴别这颗钻石能值多少钱。这次去外地开会,一个台湾朋友送的。他说着从黑皮包里掏出一个精致的红色锦盒。打开锦盒,一抹耀眼的亮光在小米眼前一闪,盒里卧着一颗晶莹剔透、指甲大小的钻石。

小米虽不是鉴别珠宝的专家,却是行家。鉴别珠宝玉器,是小米的业余爱好。小米还是市珠宝鉴别协会的理事呢。

小米拿眼一瞄,心里不觉一寒,这是块假钻石,是用玻璃和水

晶两种成分合成,用高科技手段打造的假钻石,不过它高超臻美的工艺,足已达到以假乱真的程度。看到朱经理这么兴奋,小米想,别让朱经理难过了。因为这段时间,朱经理喜欢上自己的手表了。朱经理喜欢收藏手表,这是朱经理的爱好,也是大家都知道的事。为了让朱经理高兴,小米灵机一动,惊喜地说:好漂亮,太漂亮了,真是一颗难得的好钻石。经理,向你祝贺!

你看能值多少钱?经理瞪大了眼睛看着小米。

小米深思一会儿说:嗯,至少三万。

经理惊呆了,说:值那么多啊,我以为就是小东西,值千把块呢。

小米心想,什么三万块,顶多就是三百块。小米不能对经理讲真话。小米想,若讲了真话,经理的面子该多难看啊,再说了,朱经理会更失望,更不高兴。而且,小米现在是非常时期,他的经理助理还在考察期内。

经理一听小米给了这么高的评定,笑容满面,他拍着小米的肩头说:人才,人才啊!下一步,咱们公司的后备干部就得提拔你这样有才华有真知灼见的年轻人。

经理这么一夸,小米的小白脸腾地红了,红得很好看,白里透着红,红里透着白。可小米心里却发虚,毕竟说的假话,假话咋不叫人心虚呢?小米就想赶快离开经理办公室,溜之大吉。而此时朱经理完全陶醉在他精美的钻石里,他盯着钻石,笑得两眼发光。

小米站在桌旁,酝酿着勇气,他想找准机会,尽快向经理告别。朱经理却突然问:小米啊,你肯定喜欢这颗钻石吧?

小米不知朱经理为什么这么问,就忙说:这么好的东西,谁不喜欢啊!

朱经理说:是啊,你们是搞珠宝鉴赏的,搞珠宝鉴赏的人都喜欢这些玩意。

小米说:是啊。

朱经理说:小米,你要喜欢我就送给你。

小米有些措手不及,忙说:不,不,这么贵重的东西我可不敢收,朱经理,还是自己收藏吧。

朱经理说:什么贵重不贵重,对于喜欢的人来说是宝贝,是贵重,可对于我来说,就是块玻璃,没什么稀奇的。我只对手表感兴趣。俗语说:女人看包,男人带表。朱经理说:我每次出差,无论在国内还是国外,就是对手表留意,有什么新款我都要一睹为快。小米不由自主地摸了摸自己手腕的手表,那是上个月过生日花一万多块刚刚买的欧米茄。小米接着朱经理的话说:是啊,全公司上上下下都知道经理喜欢收藏手表,将来等你退休了,你可以开办一个手表博物馆了。

朱经理笑着说:是啊,等以后退休了,我专门从事手表收藏,办个博览馆,免费展览。过了一会儿,朱经理唉地叹了一口气说:没事了,小米,钻石鉴别完了,你的任务也完成了,回去工作吧。

小米一阵轻松,转身就要走。经理却叫住他,说:等等,把钻石拿着。小米忙说:经理,我无功不受禄,这么贵重的东西我实在不能拿啊。

朱经理说:我非常喜欢你这个年轻人,你聪明有才干,又勤奋又能吃苦,将来必定是咱公司扛大旗的好苗子啊!

小米被经理的赏识感动不已。看着经理桌上的钻石,是拿还是不拿呢,小米正在权衡着,朱经理一把从桌上抓起,放在了小米的手里,说,我叫你拿着你就拿着!小米双手接过钻石,心里却是

十五个吊桶打水——七上八下。他忙说：谢谢经理，恭敬不如从命，我收下了。

这么贵重的东西，不能就这样拿着就走了。小米想来想去，狠了狠心说：朱经理，我拿这个钻石可以，但我有个请求，你得把我的这块手表收下。不然，这个钻石我不能拿啊！小米说：我的手表虽然没你的钻石那么值钱，虽然比你的钻石的价格低得多……小米说不下去了，他的嗓子发干，还有块疙瘩噎着。经理看小米如此激动，说：好好，我收下你的表，好不好？我不在乎它的价格，可我只在乎你的这份心情！

朱经理说着接过小米递上的手表。看着躺在手中的手表，朱经理眼里荡漾出幸福的笑容。

招　聘

经理决定招聘一名秘书。前任的那位秘书他实在不敢恭维，总是错字连篇，使他在读稿时提心吊胆，唯恐出洋相。比如，把"识时务者为俊杰"写成"食食物者为俊杰"，把"领导下榻在某某宾馆"写成"下榻在某某殡馆"。最可气的是，前几天来了一位上级女领导视察工作，竟把这位女领导长着瓜子脸，写成了"爪子脸"。幸亏经理反应快，读到这儿时戛然而止，当时就吓出一身冷汗，差点没惹出麻烦来。

经理亲自把关，要挑选出一位称心如意的秘书。

也许是经理的要求高,第一位第二位应试者都被淘汰了。当第三位应试者推门进来时,经理突觉眼前一亮:进来的是一位妙龄女子,黑亮的大眼睛,飘逸的长发,曼妙的身材,得体的微笑。

女子向经理微微鞠个躬,说,您好。

经理快速回过神来,说,你好。

女子静静地看着经理的胖脸,问,你们是只招聘男秘书,不招聘女秘书吗?

经理摆了摆手说,男女都一样,不论男女,只要能胜任这个工作,都要!

女子轻轻地呼了一口气。

经理指指对面的椅子说,坐吧。你喜欢秘书这个工作吗?

女子说,喜欢,很喜欢!

经理说,当秘书单凭外表是不够的,更重要的是受过良好的教育,有很好的个人素养,过硬的书写能力。

女士打断经理的话说,这些我都明白,秘书的品位反映了公司的品位,它如一面镜子,照出你经理的影子。

经理点了点头表示认同,然后笑着说,你说得没错。看来你对这次应聘信心很足啊!

女子泰然地说,嗯,我对应聘充满信心,我觉得这个位子非我莫属。

经理说,是吗?好,很好!但愿如此。那请你先回答我几道问题。

女子说,您问吧。

经理点点头,刚要提出问答题。女子突然插话说,不过经理您应该有心理准备。无论怎样我都会来做您秘书的,这点我确信

无疑。

经理觉得这女子的话说得很满,就说,好,自信是成功的前提。有自信,你就成功了一半!但我还是要看你应试的最终结果。

女子说:实话对你说吧,本来我没想应聘你们公司的,另外一个公司更吸引我。那个公司是大公司,若能做那个公司的女秘书才叫风光呢,经常跟着总经理到世界各地兜风,在天上飞来飞去的,太刺激了。而且我更有兴趣的是,那个公司的薪水比你们公司多两倍呢。你想想,现在物价涨得那么厉害,真是"飞流直上三千尺",一天一个价,真是叫人压力山大,可我舅舅非要我来应聘你们公司。

经理有些不高兴了,说,你如果后悔,现在还来得及,应不应聘是你的自由。

女子有些歉意地说,对不起,经理,我可能说多了。既来之,则安之,虽然我不是十分满意你们公司,可你们公司毕竟也是知名企业。我已做好了准备,要全心全意效力于你们公司。最重要的是,我决不能辜负我舅舅对我的期望。我舅舅说,我只有应聘到你们公司,才有百分百的成功。

经理的眉头皱了起来,显出不耐烦的神情,刚才对这女子的好感一下没了,便耐着性子问,你舅舅是算命先生?会神机妙算?他怎么就肯定你一定能聘上我们公司呢?

女子笑了,笑得很有几分神秘,说,我舅舅不是算命的,可我舅舅比算命的神多了。

经理说:既然你舅舅对你这么肯定,那么看看他有多神。我们现在开始进入考题,好吗?

女士说:请提问吧,经理。

经理问:你是什么大学毕业的,就读于哪座学府?

女士说:我是本科学历,毕业于y大学。

经理有些不解,说,y大学?好像没听说过。

女士说:没听说过就对了,因为我们那所大学一般智商的人是进不了的。

这答案答得让经理好像吃了一只苍蝇,但他并没表现出来,依然不动声色地说:好,好。

那好,我再问你下一个问题,请问美国的首都是哪座城市?

是伦敦。对,我确定是伦敦!女子果断地说。

不,小姐,你错了,是华盛顿。不过没问题,从这次以后你就会记住了。

女子皱着眉头说:真是莫名其妙,我记得是伦敦啊,什么时候搬到华盛顿去了呢。

经理说,我还能再问你一个问题吗?

女子说,您尽管说,经理,这是你的权利。

经理说:当哥伦布一只脚迈上新大陆的时候,他抑制不住,涕泪交加。这是为什么?

女子哈哈笑了,说,因为钱啊。发现新大陆了谁不哭啊,经历了那么多的千辛万苦,终于有钱了,从此就能过上富人的生活了,谁不哭啊!

经理说:请问小姐你是怎么来应聘的?步行?打车?还是开自己的车来的?

女子说:开我自己的车来的,奔驰。

经理开门见山地说:那好,请你再开你的奔驰回去吧。我暂

时还不能决定是否录用你,请你回家等通知吧。

女子是个聪明的人,显然她听出经理话里的意思,但女子并不沮丧,气昂昂地走出经理室。看着女子婀娜的背影,经理痛惜地摇摇头,自言自语地说,谢天谢地,终于走了。

经理对站在门外的助考人员说:再叫下一位。

有人推门进来,进来的不是应招者,而是一直站在门外的经理助理。

他来到经理跟前,轻轻地对经理说:经理,不要再叫了,就一个名额。非刚才那位女士莫属,她已经应聘上了。

经理猛然拍了一下桌子,你说什么话,那个蠢女子怎么能配得上这么重要的工作,简直是胡闹。

助理小心翼翼地说:不聘她是不行的。

怎么不行?难道她是天王老子的女儿?不聘她我们公司的天就会塌下来?

助理提醒经理:你儿子昨天不是刚刚被提名局长助理吗?她舅舅就是提拔你儿子的那个局长啊。

经理顿时目瞪口呆,半天才说,好吧,快去告诉她,她已经被录取了!

白日梦

有个小伙子,他的工作很苦很累,无论严寒还是酷暑,天天铺路架桥。可一年年过去了,他还是没钱买房子,没钱娶媳妇,过着穷日子。渐渐地,他成了悲观主义者,心儿掉进了痛苦的深渊。他对伙伴们说,托生成什么也别托生成人,这样的穷日子何时才能翻身啊?之后,他又异想天开:要是能摔倒拾个金娃娃,自己的命运就会回转,就会拥有很多的钱,那该多好啊!

小伙子说得不错,如今这世道,有了钱就有一切:当然包括爱情、快乐、名誉、尊严、地位,有钱就能享尽人世间的荣华富贵。他的伙伴们听了他的话,嘲笑他:你倒是当梦想家的料啊,白日梦做得好美啊!也有人劝他:踏实点吧,别胡思乱想了,不然会精神不正常的。

小伙子对他们的不理解十分气愤,可也没有办法,谁让他是一个穷小子呢!

这天下午,趁工休的空儿,小伙子独自来到郊外的小河边散心。

春天了,小河边春色盎然,娇艳的花朵、翩翩的蝴蝶都无法使小伙子提起兴致,看着这些美好的景色,小伙子长吁短叹。

一个童颜鹤发的白胡子老头出现在他面前。老头像从地缝里钻出来的。老头慈祥可亲,看着小伙子布满愁容的脸,笑着说,

小伙子,我知道你的心事,我能帮助你啊。小伙子立刻振奋起来,眼睛放出异样的光亮,说:真的吗？你真能使我拥有很多钱吗？能使我拥有自己的楼房,拥有爱情、快乐和幸福？

白胡子老头爽快地说:你想要的这些很好办,我都能办到！并向小伙子保证:他想要多少钱就有多少,他想要什么样的幸福就有什么样的幸福。不过,白胡子老头提醒他,你想要的这些都可以办到,但要小伙子以时间和青春做回报,并希望小伙子别后悔。

后悔？鬼才会后悔呢！小伙子听了大笑起来,他的笑声太响了,把正在树上玩耍的小鸟吓得飞跑了。他觉得白胡子老头的话实在是傻,他怎么会后悔呢！

白胡子老头看小伙子这么坚决,就从怀里掏出一个核桃大小的锦盒给了小伙子,说,你只需把盒子转一下,就能跳过时间,得到你最想要的钱,而不需要付出和等待。你若想得到许多钱,就多转几下;但我必须告诉你,转得多,你的时间也就失去得多,你的青春也就失去得多。说完,白胡子老头一股风似的不见了,消失得无影无踪。

小伙子来不及想太多,幸福的蜜汁已将他全部浸透了,他完全陶醉在极度美妙的快乐中。他感激那个神秘的白胡子老头,看来,自己的命运真是非同一般,他得到了神仙的赐福。

小伙子小心翼翼地握着盒子,轻轻转了一下,奇妙的事情果然发生了:一张一张的百元大钞,突突地从锦盒里冒出来,就像银行里的点钞机,整齐有序,但小伙子也发现,他额上有皱纹了,鬓角有白发了。但小伙子惊喜得快要发狂了,他已经被拥有更多金钱的欲望击垮了。他太怕贫穷了,所以,这么一次机会,他一定不能放过。他太需要钱了。有了钱,他就不需要和他的伙伴们那样起早贪黑地拼命了;有了钱,他就能得到男人所渴望得到的一切精神和肉体上的满足。

钱越来越多,小伙子也越来越老,一转眼间小伙子已经成了一位白发苍苍的老人。

有一天,已是老人的小伙子站在他美丽的大房子的窗前,看着天边染红的夕阳,不禁百感交集,他感叹时间急驰如飞。回首往事,自己的一生都做了些什么呢?他蓦地茫然了,他的生命是空空的,什么也没有。生命就这样眨眼间走完了吗?他一阵心烦意乱,不禁追悔起自己的过去,懊丧自己的幼稚和失算。他想自己怎么这么愚蠢啊,可惜世上是买不到后悔药的,否则他会拿他所得的一切换回他的过去。

当把这些想透的时候,他是多么想将时间回转,可他永远也回不到过去了。老人后悔莫及,悲伤到了极点。他被悔恨折磨得浑身颤抖,他再也控制不住了,拿起那个给他带来幸福的宝贝锦盒朝地上狠狠摔去……

就是这狠狠的一摔,把他从梦中摔醒了,张开眼睛,发现自己依然躺在小河边。他发现自己还是原来的样子,他兴奋得快要跳起来,啊,原来是个梦。

幸亏是梦啊!他暗自轻庆幸。他看着身边的花朵,他明白,正因为花朵的开放,才会有蝴蝶的翩翩,蜜蜂的舞蹈,看着花朵,他的脸不禁红了。

小伙子于是赶快爬起身,大步向他工作的地方奔去。

那病人是囚犯

母亲住院，我在医院陪护她。我去楼下拎热水，回来时，看到走廊里多了几个警察，围在一起低声说话。一进病房门，母亲说："隔壁来了一个重病号，脑血栓，很危险，还是个囚犯。""囚犯？"我觉得有点新鲜，便出门想去看看那人的模样。到了门外，见一拨又一拨的大夫护士从犯人的病房里出出进进，怕碍人家的事，又止了步。

隔了一天，我搀着母亲去洗手间，见犯人的病房门半开着，不由得转脸往里瞅。犯人躺在床上，像植物人，嘴里插着氧气管，胳膊和腿上也都插着输液管，身子还不停地抖动。不知是因为在监狱待得太久，还是生病，他的脸苍白而清瘦，剃的光头，已长出了毛毛刺儿。一个三十五六岁的女人，正在床前照看他。我说："那女人可能是他的妻子吧？"

母亲说："听护士说是。"

一天晚上，我陪母亲在走廊里散步。女人也在走廊里站着，她的脸比先前显得光润了许多，浮肿的眼睛也好了。

我问："你爱人好多了吧。"

她没有想到我会和她说话，忙说："好多了，好多了。"她的神情慌张而卑怯。

我说："真是幸运，得这病好这么快的不多。"

女人说:"是呵是呵,幸亏治得及时,又用了那么多好药,不然……"大概她看出我对他们的问候是真诚的,便压低了声音亲密地对我说:"你知道吗?光药费一天就两千多。从来到这,花两万了,幸亏这病是搁里头生的,要是搁家生,不就倒霉了,俺农村人,哪有钱治得起呵。"她脸上现出几分庆幸。我问:"全是监狱里付的?"

感激涌上女人的面容,她说:"全是,监狱里的领导真好呵,人家还说,等他的病情稳定住了,就转到省里的大医院去,尽量不让他留下后遗症。他还年轻,出了狱,还要养家过日子。"泪在女人的眼眶里闪动。

我说:"他犯了什么罪?"

女人说:"打人,把人打伤了。"她又说:"也快出来了,还有两年。"

两年也够长,我想。

或许女人是个爱说话的人,或许女人心里装的事重,想说出来轻松轻松,主动对我说:"他为什么得这病?我清楚。在里头出不来,急的。他娘瘫痪半年了,没钱治,俺两个孩子上学,也得要钱。一家老小全指望我,我除了种那点地,弄点吃的,哪里弄钱去。他知道俺娘们过得苦,牵挂俺,又出不来,急的。"泪溢出女人的眼眶,"可这怨谁呢?好好的一家人,谁叫你一时糊涂犯事呢?"女人觉得声音大了点,怕惊醒了男人,不放心地朝屋里瞅了瞅,男人依然睡得挺安稳。自从那次说过话后,女人累了,烦了,就常到我母亲的病房里来坐坐,聊聊。母亲住的是单人病房,清静。

母亲出院那天,我去和她告别,我手里拎着一箱牛奶。她见我进去,连忙站起来。我说:"我母亲出院了,这箱奶送给他喝,祝他早日康复。"我看着床上躺着的那个犯人,他在熟睡中。女人有些不知所措,不知该接,还是不该接。等我把奶放下,出了门,她才跟出来,拉着我的手,不停地说:"谢谢,谢谢,俺有福,遇到的都是好人。"

接母亲回家的车,在医院的大门前等着。我搀着母亲朝医院大门走。这时一双长腿跟过来,抬头一看,是看管那犯人的警察。他高大魁梧,站在我面前像一座山,但他的面容很和气。他看着我微笑着说:"你刚才做了一件错事,不该对犯人那么好。"

可能是他在我面前出现得太突然,我一下子不知该怎么回答他。

他解释说:"你知道吗?他是一个重刑犯,他入室抢劫,又将女主人致残,被他伤害的那人,恐怕一辈子都不可能再站起来。"

我的心猛地痛了一下,平静了片刻,说:"你们不也对他很好吗?为他的病花那么多钱。"

好像我的话也令他感到突然,他直直地看着我,沉思了一会儿,说:"但愿我们的善举能唤醒他的良知,愿他也有一颗善良的心。"

说完,那警察转身走了。